« PAVILLONS »

Collection dirigée par Claire Do Sêrro

ARIANE KOCH

L'HÔTE

roman

Traduit de l'allemand (Suisse)
par Benjamin Pécoud

Robert Laffont

Avec le soutien de la Fondation suisse
pour la culture Pro Helvetia.

fondation suisse pour la culture
prohelvetia

Titre original : DIE AUFDRÄNGUNG

ISBN 978-2-221-26345-7
(édition originale : ISBN 978-3-518-12784-1, Suhrkamp Verlag, Berlin)
Dépôt légal : février 2024
Éditions Robert Laffont – 92, avenue de France, 75013 Paris

L'hôte est à table et mange des petits quartiers de mandarine. Quand les choses sont démesurément petites, aussitôt je grimace et pose ma main sur mon cœur – ou du moins à l'endroit où je le situe. Exhiber devant moi des miniatures a toujours été une technique efficace pour me détourner de toute méchanceté.

L'hôte est très fin, si fin que pour un peu il se volatiliserait. Je ne l'ai pas remarqué tout de suite, parce qu'il le cache très bien. Qui est fin comme l'hôte est exposé à tous les vents. Il pourrait facilement tomber entre les griffes du premier fou venu. Mon arrière-grand-père, par exemple, était un gourou de secte reconnu. Il ne m'a hélas jamais été donné de le rencontrer personnellement. Je n'ai qu'une photo de lui, assis à son bureau, les cheveux sévèrement séparés par une raie, le regard tourné vers un avenir halluciné. Je suis fascinée par le fait que tous ses sermons étaient apparemment improvisés, puisque, selon une méthode éprouvée, il laissait tomber les Saintes Écritures sur le pupitre, lesquelles s'ouvraient à la page élue par la main divine, déterminant par là la teneur de son prêche.

Mon arrière-grand-père aurait peut-être dit qu'il faut avoir foi en la page qui s'ouvre au moment de la chute du Saint Livre, que nous ne sommes après tout que les serviteurs du Seigneur et n'avons d'autre choix que de laisser advenir la volonté divine.

À côté de la petite ville où je repose désormais comme dans un sarcophage se dresse une montagne semblable à une pyramide, mais dont l'intérieur, contrairement à la merveille du monde, ne se visite pas. Elle est recouverte de neige et, si on y tient vraiment, on peut la gravir. Pour ma part, dorénavant je m'abstiens, la vue depuis là-haut me rebute. Le regard ne porte pas aussi loin que je le voudrais, aussi je préfère rester à son pied. Il y en a certains que l'ombre de la montagne effraie.

Dans cette petite ville, je connais tout le monde mais je préfère faire comme si je ne connaissais personne. J'ai déjà vécu quelque chose à chaque coin de rue ou presque, les strates temporelles se sont superposées. On se presse au bar La Tourelle situé à côté de chez moi. À l'origine, il ne devait rester ouvert que cent jours, mais des milliers ont suivi. Les serveurs changent chaque semaine, les uns plus affreux que les autres, mais tous ont les cheveux strictement noués sur le haut du crâne, et de manière générale on peut dire que jamais rien d'intéressant n'a été donné à voir ici. J'ai toujours su que j'étais ingrate. Mes parents me l'ont prédit très tôt, et je ne l'ai jamais contesté.

L'hôte était une terre inconnue, il a surgi de nulle part. Il est sorti du train, a brandi ses valises et nos regards se sont croisés. J'ignore s'il a eu lui-même la folle idée de venir ici. Je me tenais à l'autre bout du quai, sur le point de partir en voyage. Ou du moins je traînais à la gare pour me faire une idée des destinations où j'aurais potentiellement pu aller. Mais je ne suis jamais montée dans aucun train.

Je ne peux le nier : il m'a semblé familier, quand pour la première fois je l'ai scruté à travers mes lunettes dorées – ou était-ce lui qui me fixait chaleureusement à travers les siennes, se tenant à l'autre bout du quai, tandis que nous savions que nous arrivions de directions opposées et que demain, après-demain au plus tard, nous repartirions dans des directions tout aussi opposées ? C'est ce regard de l'hôte qui s'est gravé en moi, et que depuis je recherche chez les autres, et que parfois je trouve : pas plus tard qu'aujourd'hui, je l'ai remarqué chez le présentateur d'une émission philosophique qui fixait son interlocuteur, un jeune écrivain français.

À la radio, ils ont dit que les animaux du zoo avaient perdu l'habitude du contact avec les humains et s'enfuyaient au moindre mouvement, flamants roses en tête. Cette image des humains sillonnant le zoo pendant que les animaux détalent m'a plu.

Dans l'entretien qui a suivi, le responsable du tourisme de la petite ville – où malgré moi je suis née mais où je ne compte pas faire de vieux os – a expliqué qu'il fallait doper le tourisme en faisant passer la localité pour une grande ville. Cette déclaration m'est apparue si saugrenue que je n'ai plus su que faire ensuite. Sur le comptoir de La Tourelle recouvert d'une feuille de faux marbre, des miettes de croissant étaient généreusement éparpillées. Le soleil les faisait briller d'un éclat doré. La montagne était certes une attraction majeure, a poursuivi le responsable du tourisme, mais le téléphérique était vétuste et les cabines tanguaient dangereusement, aussi était-il grand temps de le rénover.

D’habitude je ne fréquente pas le bar dès midi, mais ce jour-là, la récente apparition de l’hôte m’avait poussée à sortir de chez moi le matin pour partir à sa recherche.

Dehors, des gens dont je n’enregistrais que vaguement la silhouette défilaient dans les rues. J’observais une mère résignée dont l’enfant tirait rageusement la main. Assise au comptoir marbré, jambes croisées, je m’imaginais la petite ville peuplée d’humains minuscules qui rouleraient sur des vélos minuscules et siroteraient des *ristretti* dans des tasses minuscules. Je pourrais alors aisément faire tenir La Tourelle dans le creux de ma main, retourner le bar et l’examiner sous toutes ses coutures. Les clients hurleraient et s’agripperaient au comptoir, tandis que leurs boissons minuscules se seraient déjà renversées dans le vide, les gouttelettes éparpillées sur mon jean. Suspendus, ils me fixeraient de leurs grands yeux minuscules, et je couperais La Tourelle en deux, comme un donut. Je me suis imaginé la petite ville qui rapetissait encore, pour ne plus former bientôt qu’un point minuscule, je serais la seule à être restée grande, si bien que je n’y trouverais plus ma place. Puis je me suis rappelé que c’était déjà le cas.

La radio diffusait maintenant un reportage sur la recrudescence de la violence envers le personnel soignant. Le serveur a baissé le son et les voix sont parties à la dérive.

Les gens sont allongés sous des porches, parfois dans un sac de couchage, parfois sous une tente, parfois dans un sac de couchage sous une tente. Ils rangent leurs affaires dans les trous de la chaussée qu'ils bouchent au moyen de petites trappes. Combien de fois ne les ai-je pas vus ramper hors des trous et traîner derrière eux leurs bagages informes. Les gens ont pris la couleur des maisons devant lesquelles ils couchent, ils sont gris comme l'asphalte, tandis que leurs tentes et sacs de couchage fluo brillent aux quatre coins de la ville. En hiver, une équipe avec des gilets orange rend visite aux sans-abri, leur apporte à manger et parfois aussi des lingettes.

Il y a une femme que j'ai remarquée plus d'une fois. Le jour, elle porte des vêtements impeccables, un manteau gris clair, et elle descend la rue à la hâte – comme si elle se rendait au travail. La nuit tombée, vêtue d'un training élimé, elle se glisse dans un sac de couchage depuis lequel elle jette des regards hébétés dans ma direction, et je lui rends son regard alors que je traverse une énième fois la rue, de La Tourelle à chez moi ou inversement. Nous n'échangeons pas un mot, seulement ce regard.

En bas de la rue – là où parfois la femme établit son couchage de fortune –, il y a un magasin de meubles, ou plutôt, à les voir qui se serrent dans la vitrine, un magasin de canapés. Ses horaires d'ouverture s'étendent jusque dans la soirée pour que même les travailleurs trouvent le temps de s'y rendre. Souvent, des couples y entrent, essayent un canapé après l'autre, ressortent le visage étonné par l'achat qu'ils viennent de réaliser. Bientôt déjà le cocon leur sera livré. Bientôt un camion s'arrêtera devant leur maison. Bientôt deux types sortiront le cocon du camion, le hisseront dans la cage d'escalier en cognant les murs. Bientôt le cocon trônera dans l'appartement du couple qui s'y affalera l'air incrédule, avant d'y sombrer.

Je préférerais parfois avoir une moins bonne vue. Mais dans ce cas je n'aurais sans doute pas remarqué l'hôte qui, au comptoir circulaire de La Tourelle, tenait dans un des halos lumineux une monnaie qui lui était étrangère. Assis à bonne distance, l'un d'un côté du cercle, l'autre en face, nous sirotions des bières. L'axe visuel traversait le cercle, reliait nos deux points en transperçant son centre, à savoir le serveur qui se balançait d'une jambe sur l'autre. Ce n'était peut-être ni la première ni la dernière fois que je traçais de telles lignes à La Tourelle. Plus personne dans cette ville ne dort, la plupart s'installent au comptoir, picolent dans des gobelets en étain et se demandent avec quelle personne et dans quelle diagonale ils pourraient avoir une aventure. Je me plais à imaginer les futures lignes relationnelles des clients, les possibles points d'intersection des sécantes. Et quand l'un d'eux tente une approche dans ma direction, j'emprunte habituellement le cercle en sens inverse, si bien que la distance entre nous reste toujours la même et que nous ne nous rencontrons jamais. Car il m'arrive à moi aussi que des inconnus m'envoient une lettre dans laquelle on peut lire qu'ils m'ont repérée mais ne me connaissent pas, que mon sourire leur a plu et qu'ils sont persuadés qu'il leur était adressé. Pourtant, j'ai beau chercher, je n'ai pas le souvenir d'avoir jamais souri.

L'hôte tournoyait comme un ruban d'attrape-mouche sur lequel les insectes viennent se coller. À l'évidence il cherchait un hébergement, sans en avoir toutefois encore conscience. Il vadrouillait autour de La Tourelle, prenait les rues en amont, puis en aval.

Un sentiment d'inquiétude grandissait en moi.

Soudain je le voyais partout, à croire qu'il n'y avait personne sinon lui, et qu'il errerait pour toujours dans la ville, brimbalant son bagage, scrutant entre les nuages l'ouverture par laquelle pointait le clair de lune. Sa silhouette brillait alors d'un éclat argenté.

J'ai déposé mes jumelles un instant, pour que l'image se grave sur ma rétine, tel un éclair qui fuse à travers un ciel nocturne.

J'ai une très grande maison, bien que de l'extérieur rien ne le suggère. Ma maison est immense, sans être toutefois aussi grande que la montagne qui se découpe dans le contrejour. Ma maison ne m'appartient pas, je surveille seulement qu'elle ne s'effondre pas. Un jour ou l'autre mon frère et ma sœur la reprendront. Un jour ou l'autre je devrai déménager, je serai expulsée, lorsqu'ils exprimeront le souhait de récupérer la maison. Mon frère et ma sœur ont l'argent pour prétendre que ma maison leur appartient. Mon frère et ma sœur peuvent prétendre au statut de propriétaires terriens, quand je ne suis, moi, que la gardienne d'une ruine. Mon frère et ma sœur emménageront dans ma maison, la rénoveront et la transformeront, ils feront d'elle une autre que celle qu'elle est maintenant. Peut-être sera-t-elle encore plus haute et grande, sûrement plus fastueuse. Et elle arborera sûrement une autre couleur.

De façon générale, cette maison n'a jamais cessé d'être autre pour moi.

Il y a des années, quand mes parents ont emménagé ici avec mon frère, ma sœur et moi, j'ai installé un petit téléphérique jusqu'à la maison voisine, et l'enfant voisin et moi avons échangé des lettres. Parfois, nous nous montrions aussi des choses que nous brandissions derrière la fenêtre – conversation silencieuse faite d'objets dansant sur la vitre. Je distinguais un ours blanc en peluche, puis une paire de ciseaux. Je répondais avec un âne en peluche et une sorte d'arbuste que j'avais fabriqué à la crèche. Plus grande, j'ai sectionné la corde, laquelle est tombée sur la haie et n'a plus tracé qu'une ligne chancelante entre les jardins. J'ai le désagréable sentiment que rien ne justifiait ce geste, toujours est-il que le contact avec l'enfant voisin s'est interrompu à jamais.

Les chats aussi allaient et venaient, ils se faisaient écraser, engraisser, castrer. Je me souviens de Rambo, de César et de Napoléon. Ils régnaient tour à tour sur les jardins, paradaient la queue dressée entre les buissons. La frontière entre les territoires était source de litiges incessants, l'air imprégné d'une odeur de pisse – et les tentatives de mes parents d'inciter, à l'aide de grains de poivre, les chats à faire leurs besoins plus loin échouèrent.

Aujourd'hui, ils sont tous morts. Leurs vies se sont écoulées dans les jardins.

Et je suis toujours là. Telle la gardienne du cimetière, je demeure au milieu de choses qui ne m'appartiennent pas et qui tombent en ruine. Il vaut mieux ne pas trop s'appuyer contre les murs. Des pierres tombent des façades, et le jardin à l'avant est recouvert de feuilles, de boue, de neige.

Si cela ne tenait qu'à moi, je n'aurais pas besoin de maison, ni de quelque construction que ce soit, puisque je ne suis pas en mesure de l'apprécier. On peut me mettre n'importe quoi sous le nez, si on me dit que c'est une maison, je suis encline à le croire. Je n'ai jamais eu de goût pour l'architecture, bien que j'habite la maison la plus insolite de la ville. Face au bâti, je suis atteinte d'une véritable cécité. Il a fallu que le crépi de la façade me tombe sur les pieds pour que je remarque que ma maison en était recouverte. En vertu de cette cécité, je vois les occupants à travers les murs ; il faut s'imaginer une maison de poupée, ouverte sur le côté.

À l'inverse de la construction, je me rappelle toujours parfaitement les occupants d'une maison. Leur teint, leur accoutrement, la manière dont ils descendent les escaliers, se lèvent de table et allument la cuisinière. J'avoue laisser rarement entrer des gens dans ma demeure, et pourtant, c'est le souvenir de leur présence qui se répand telle une traînée à travers les pièces. Mes parents sont partis, mais la façon dont ils ont habité l'architecture reste.

Mon grand-père avait jadis construit une maison de poupée équipée de lampes électriques et d'interrupteurs. Enfant, en visite chez mes grands-parents, une de mes occupations favorites consistait à actionner les minuscules interrupteurs, à éclairer et à assombrir les chambres aux petits plafonniers et lampadaires pourvus d'abat-jour à motifs. Je ne touchais pas aux poupées. Dans mon souvenir, je les laissais sous la couette dans leur lit de bois, pour qu'elles dorment. Et un jour les interrupteurs ont fini par rendre l'âme, car en plus de moi mon grand-père avait neuf autres petits-enfants qui tous appuyaient dessus comme des forcenés.

Je me demande pourquoi l'être humain chérit tant ce qui est petit. J'ai peur que cela soit lié au fait que ses petits, justement, sont petits et qu'ils doivent être pris en charge par les grands, sous peine de mourir de faim.

Il y a ceux qui veulent une maison mais qui n'en ont pas, et ceux qui ont une maison mais qui n'en veulent pas. Il y a ceux qui ont une maison laide, et ceux qui ont des logements alternatifs, une caravane, une tente ou un sac de couchage par exemple. Les frontières entre les types de domiciles sont floues, comme le sont toutes les frontières. Toutefois, on peut affirmer que celui qui revendique l'usage temporaire d'un logement sans que celui-ci ne lui appartienne, d'une part franchit cette frontière floue et, d'autre part, peut donc être qualifié d'hôte.

J'ai un jour eu un ami qui se réjouissait que je fasse sans cesse débuter mes phrases par *d'une part* et *d'autre part* sans pour autant employer ces termes correctement. Plutôt que d'exposer des vues contraires, je répétais en toute liberté la même opinion.

Une tourelle est d'une part un dispositif militaire, d'autre part une fortification d'où l'on peut observer l'ennemi à distance, à l'aide d'une paire de jumelles par exemple. Si d'une part on n'a pas envie de voir l'ennemi ou plutôt son approche, on peut d'autre part lui décocher une flèche depuis la tourelle. Qui se tient au sommet de la tourelle jouit d'une vue imprenable sur tous ses ennemis ou, s'il en a, sur tous ses sujets. Depuis la tourelle, on peut aisément faire semblant d'en avoir, et ce même quand on n'en a pas. Autour de la tourelle, on peut creuser des douves à volonté. Une tourelle est hautement recommandée à quiconque veut se sentir plus grand.

À l'intérieur de la tourelle, le serveur prétend ne pas avoir entendu que je lui ai commandé une bière.

Là d'où l'hôte est venu, il n'est désormais plus. Là où il était, il ne reste désormais qu'un non-hôte. Là où l'hôte n'est plus, quelqu'un fait face à un vide, peut-être un vide qui pulse. Quelqu'un est confronté à l'absence de l'hôte. Quelqu'un en est peut-être surpris, peut-être triste, peut-être content.

Tout ce que l'hôte pourrait être de trop ici, il ne l'est peut-être pas assez ailleurs. Ici, rien ne manquait. Ici, personne n'attendait d'hôte. Ici, tout existe déjà à profusion.

Seul le bar La Tourelle se disloque peu à peu. Aux murs, les tapisseries dorées se dégrafent à mesure, et les clients, qui boivent assis autour du comptoir, prennent eux aussi des rides, d'abord autour des yeux, puis autour de la bouche. Bientôt leur fanon pendra dans la mousse de leur bière. La Tourelle devient, de jour en jour, un musée où nichent des fossiles. Parfois j'imagine des étiquettes, j'imagine des vitrines, des cuves destinées à la fossilisation :

artiste avec moustache ; femme aux cheveux très longs, au visage préoccupé et qui porte de préférence un vêtement aux allures d'écailles de poisson ; autre femme aux cheveux plus courts, parfois son verre lui tombe des mains de manière spectaculaire. Oui, ces fossiles-là aussi ont besoin d'une maison.

De façon générale, j'ai depuis toujours des envies de départ mais ne m'en vais jamais. De façon générale, je pense et parle depuis toujours de partir, mais suis toujours ici. Je suis le plus vieux fossile et je déteste tellement cette petite ville que pour me venger, je ne la quitterai jamais vraiment, même si je fais sans cesse mine de le faire. Je suis le plus vieux fossile et on aurait beau me prier à genoux de partir que je resterais quand même.

Sans doute l'hôte est-il le seul à avoir compris la différence entre éventualité et réalité. Sans doute n'a-t-il jamais voulu aller nulle part, sans doute n'a-t-il jamais voulu autre chose que rester, il n'empêche qu'il s'est finalement résolu à l'inéluctable plutôt qu'au non-vouloir.

J'ai pensé que je devrais dire à l'hôte qu'il peut être fier d'avoir compris ce qu'une bourgade de province remplie de fossiles n'arrive pas à comprendre ne serait-ce que l'espace d'une seconde – pas même quand le décor leur dégouline sur le crâne. J'ai pensé que je pourrais raconter à l'hôte mon départ éventuel, pour qu'il puisse m'en prédire la faisabilité. Ou plutôt j'espérais – en m'approchant de l'hôte – qu'un peu de son départ effectif puisse déborder sur moi, m'emporte comme une vague hors de la ville. Bref : il me fallait un spécialiste.

Parfois je me dis que je devrais arrêter de parler de partir, parce que j'ai déjà trop parlé de partir. Chaque jour, je parle de partir et je ne m'en lasse jamais. Je me demande s'il est seulement possible de rester quelque part quand on parle sans cesse de partir. Car celui qui ne parle que de rester, n'est-il pas au fond de lui-même parti depuis longtemps ?

On pourrait aussi rester avec quelqu'un en partant avec lui.

Tout le monde pourrait partir et ne jamais rester nulle part.

Tout le monde pourrait rester, à l'endroit précis où chacun se trouve maintenant.

Je me suis laissée glisser du tabouret, j'ai contourné la moitié du comptoir et rejoint l'hôte de l'autre côté, mais je ne saurais précisément dire comment mon trajet, un demi-cercle, aurait pu être comptabilisé. C'était peut-être deux pas, peut-être cent. J'ai cru que je mourrais en arrivant, ou que l'hôte exécuterait une danse qui me ferait rire. Je me suis retrouvée devant lui, l'hôte, qui a levé son regard à lunettes et m'a fixée, me faisant tomber d'un coup dans l'éclat de ses pupilles. Ses brins de cheveux, alors encore courts, étaient tout hérissés. Si seulement j'avais su à quel point ces poils drus étaient capables de pousser. L'hôte ne s'est pas mis à danser quand je l'ai rejoint, il m'a seulement demandé : veux-tu des enfants ?, ou peut-être a-t-il dit autre chose, quelque chose qu'il aurait extrait des dernières pages d'un petit dictionnaire complètement obsolète. Ma réaction n'a pas été de rire. Le serveur au centre du cercle s'est tourné vers nous, a tendu ses bras au bout desquels étaient collées deux bières et les a posées devant nous sur le comptoir, où leur couronne de mousse tremblante a débordé.

L'hôte portait un imperméable sans fermeture Éclair, un poncho comme on n'en voit d'ordinaire que sur les corps d'enfant. Je me suis rappelé qu'en essayant d'enfiler pareil habit, on titube un instant sans réussir à trouver la sortie, à savoir les ouvertures de la tête et des bras, ce qui oblige à faire des moulinets désordonnés jusqu'à ce qu'enfin on retrouve la lumière. Reste que les extrémités de l'hôte dépassaient avec embarras des trous de la cape et qu'il attendait, semble-t-il, une réponse de ma part. Je lui ai donc dit qu'il déplairait fortement à mon frère et à ma sœur. Il a hoché la tête.

Le terme de notre temps ensemble flottait déjà au-dessus du comptoir. C'est dommage que l'on passe invariablement à côté du début des choses, tandis que les fins se gravent dans nos corps. La dernière chose à laquelle j'ai pensé avant de tomber dans ses griffes a été de faire attention à ne pas tomber dans ses griffes.

Je l'ai mené par les rues, sans laisse, et pourtant il me suivait d'un pas lourd et docile dans sa cape de pluie flottante. Soudain il transformait les chemins mille fois parcourus en d'autres chemins. Son regard rapetissait ou agrandissait les choses, les perspectives et les couleurs changeaient, comme chez les caméléons qui, d'ailleurs, sont mes animaux favoris. Leurs pattes sont des sortes de tenailles souples avec lesquelles ils s'agrippent aux branches, oui, s'y agriffent. Ils ne se déplacent qu'au ralenti, tandis que leurs yeux dansent dans tous les sens. Si j'avais un caméléon, je l'installerais sur mon épaule de sorte que, de temps à autre, il puisse effrayer les passants d'un coup de langue éclair.

J'ai désigné les panneaux dont on aurait pu suivre la direction, ce qu'un jour je ferais, ai-je fait savoir à l'hôte. Hong Kong, Paris, Budapest. Il m'a semblé qu'un nuage descendait sur l'hôte pendant qu'il promenait son regard sur les panneaux, mais il a fait un signe aimable de la tête. Le fait de ne jamais savoir si l'hôte était en mesure de me comprendre vraiment me plaisait.

J'ai désigné la montagne, sur laquelle il a posé son regard en se protégeant de la lumière, et ses doigts en pinceaux ont jeté sur son visage un délicat motif ombragé. J'ai baissé les yeux sur lui et me suis demandé pourquoi, sous son imperméable qui, tout bien réfléchi, ressemblait à une tente, il portait des chaussures si légères, presque des sandales, alors que l'hiver guettait à tous les coins de rue.

Je me suis tout à coup souvenue d'une sortie par grand froid avec mon père, le sol était recouvert de glace, mon père avait rapidement fixé des crampons à ses chaussures et décampé, pendant que, dépourvue de chaussures adaptées, je patinais sur la glace. Nous courions dans la forêt, lui d'un pas assuré et moi moulinant des bras derrière, incapable de rester maîtresse de mon équilibre. Mon père ne s'était pas retourné une seule fois, il ne semblait pas avoir remarqué mon état vacillant.

J'ai demandé à l'hôte : est-ce que tu connais ce sentiment, quand tu vas quelque part où tu n'es jamais allé et que tu as pourtant l'impression d'y avoir déjà été ? En ce qui me concerne, où que j'aille, je suis toujours renvoyée à quelque chose que je connais déjà. Alors il m'arrive d'être déçue que nos âmes ne cherchent dans l'inconnu que le connu, plutôt que de s'abandonner à l'inconnu.

L'hôte a souri et formé un triangle avec ses doigts, sans que je sache s'il représentait un toit ou une pyramide ou s'il s'étirait simplement les membres pour tromper l'ennui. Nous sommes entrés dans l'ombre de la montagne, nous nous sommes arrêtés devant ma maison, la plus grande de la petite ville. J'ai déjà pensé à installer une clôture tout autour. Est-ce exagéré de dire qu'il m'est arrivé de songer à une sirène anti-chats ?

Je n'avais aucunement prévu de l'accueillir. Je n'ai jamais eu l'intention de transformer mon unicité en vie à deux. Mais on m'a inculqué qu'on se doit d'accueillir les hôtes. À plus forte raison quand ils traînent sans savoir quoi faire d'eux-mêmes. Je sais pertinemment quoi faire de moi-même et je le fais fort bien. J'ai pensé qu'étant dotée d'une imagination débordante, je pouvais bien, exceptionnellement, la partager avec quelqu'un.

Il y a devant ma maison deux lions de garde, chacun la gueule grande ouverte et la patte posée sur une sphère, qui n'intimident pas l'hôte pour autant. Je lui ai dit : tu peux venir chez moi, mais il faut que tu apportes ton propre matelas, à moins que tu ne veuilles dormir sur un matelas gonflable dont l'air ne cesse de s'échapper, de telle sorte que tu dormirais par terre, quoique pas directement par terre, puisque je possède un tapis persan qu'un jour quelqu'un a oublié ici, mais que tu peux avoir si tu veux t'allonger dessus, si l'envie te prend d'avoir une nuque raide.

L'hôte a donc transporté à travers la ville un matelas à la housse couleur saumon. Je suppose que c'est la femme au manteau gris qui le lui a prêté. Il l'installait parfois sur un banc, se reposait un instant, regardait fixement la montagne qui, toujours aussi impassible, lui rendait son regard, à l'instar des passants.

Je n'avais pas eu la courtoisie de l'aider à porter ses bagages. Il en est venu à bout en haletant, légèrement voûté, basculant tantôt à droite, tantôt à gauche. C'est ainsi qu'il les a hissés dans l'escalier, une marche après l'autre, qu'il les a frottés le long des murs du corridor, avant d'investir le cagibi au plan carré et encombré d'aspirateurs défectueux. L'hôte a posé son matelas au milieu des trompes d'aspirateur frémissantes, qui le renifleraient discrètement la nuit venue, mais ça, il ne pouvait pas encore s'en douter.

J'ai accueilli l'hôte parce que j'habite dans une maison de dix pièces, dont neuf sont occupées par ma personne, et qu'une pièce était donc libre. Je n'arrêtais pas de recevoir des appels de personnes intéressées, bien que je n'aie jamais publié d'annonce. Jusqu'au jour où je n'ai plus répondu aux appels. La chambre prenait la poussière, il faudrait la reconvertir, ai-je pensé. Des animaux de compagnie ou des nomades pourraient y habiter. Une fois j'ai même songé à un domestique. La chambre avait autrefois appartenu à une personne toujours en déplacement, ce qui m'arrangeait bien. Au début, elle envoyait régulièrement des photos et des cartes postales. Puis je n'ai plus entendu parler d'elle. Son nom est encore inscrit sur la boîte aux lettres, mais il a entre-temps été décoloré par le soleil, rincé par la pluie et rendu illisible. Le mien en revanche, on le déchiffre parfaitement.

Je n'ai jamais vraiment su d'où provenait ce nom dont j'ai hérité. Je n'ai jamais fait l'effort de me renseigner sur ce nom que je suis condamnée à porter. Il m'est arrivé de tomber sur des homonymes dans des livres, un juge misogyne au tournant du siècle par exemple, un parasitologue fou ou encore une entreprise qui s'est donné pour mission de fabriquer des armes et de les expédier aux quatre coins de la planète.

L'hôte aussi a un nom, bien sûr. Un nom particulièrement long qui plus est. Mais si long qu'avec la meilleure volonté du monde on ne parvient pas à le retenir.

Tout à coup me revient une histoire que l'artiste à moustache a autrefois débitée au comptoir de La Tourelle :

Un jour il reçoit l'appel d'un jeune homme, lequel lui demande poliment s'il peut l'assister à titre gracieux pendant quelques semaines, il désirerait voir le grand artiste au travail. L'artiste hésite, puis accepte. L'assistant s'en félicite et s'enquiert d'un hôtel à proximité du lieu de résidence de l'artiste. Sans autre forme de procès, l'artiste l'invite à loger chez lui, il habite un coin perdu et il n'y a aucun hôtel à la ronde. L'assistant arrive dès le lendemain, mais quand l'artiste lui ouvre la porte, il n'a qu'un sac en plastique à la main. L'assistant rejoint joyeusement la chambre d'amis et s'enveloppe dans les couvertures, bien qu'il ait été convenu qu'il amènerait un sac de couchage. L'artiste s'en étonne un peu, avant de retourner auprès de ses trois enfants qu'à l'époque il élève seul.

Le lendemain, l'assistant souhaite se réveiller à six heures pour peindre le lever du soleil, mais il est dix heures passées quand il dégringole enfin les escaliers. L'artiste, qui a mis de côté trois omelettes, les propose à son hôte, lequel les engloutit sans plus attendre. Et tout en ingurgitant les omelettes, l'hôte émet le souhait de se mettre à peindre sur-le-champ, bien qu'hélas il n'ait pas son matériel. L'artiste libère un coin et, répondant au souhait de son hôte, lui fournit un chevalet, une toile et de la peinture. Aussitôt l'hôte se met à peinturlurer, mais se montre très vite insatisfait parce qu'il n'y a pas de noir parmi les couleurs à disposition. L'artiste lui explique qu'il est rare qu'il utilise du noir et qu'il y a une raison précise à cela. L'assistant rétorque que la raison lui importe peu, il veut qu'on lui apporte du noir. L'artiste va lui chercher la précieuse peinture noir profond, dont l'assistant applique le tube entier à même la toile, puis l'étale avec ses mains.

Je ne sais plus, ai-je dormi les premiers jours suivant son arrivée ? Je me souviens lui avoir laissé une serviette qu'il a prise à contrecœur entre ses griffes. Je me souviens qu'en échange il a sorti de son bagage informe quelque chose qui ressemblait à un aliment et l'a déposé entre mes mains. Je me souviens avoir tressailli quand ses doigts en pinceaux m'ont effleurée, car cela m'a rappelé ce jour lointain où je suis tombée dans les pommes quand un garçon a tenté de me prendre la main pendant un concert. Je me souviens qu'allongée sur le sol entre les jambes humaines, je m'étais sentie bien.

De tout temps, les gens m'ont reproché de ne pas assez les toucher. Si j'attire les gens, je peine à m'en débarrasser. Quand d'autres autour de moi catapultent la masse humaine à coups de légers déhanchements, j'ai beau me secouer dans tous les sens, je ne décramponne personne. Quand la danse des secousses me prend, les gens éclatent plutôt de rire. Ou plus exactement : ma danse des secousses est à leurs yeux une invitation à ne plus me lâcher d'une semelle. Sans doute ma danse des secousses s'est-elle déjà ébruitée aux quatre coins de la petite ville. Reste qu'il vaut mieux ne jamais cesser complètement les secousses et donc, bien qu'il n'y ait âme qui vive, poursuivre le tremblotement à titre prophylactique.

Je me souviens : le premier matin, l'hôte insomniaque s'est levé et s'est échappé à l'air libre, tournant autour de la maison en flairant les lieux. Je lui ai préparé ma spécialité maison. Il s'est assis sur le balcon en dépit du froid glacial et a avalé ma recette aux œufs. Quand il m'a remerciée, une lueur étrange brillait dans ses yeux.

Je me souviens qu'il était bavard, que ma maison lui évoquait la maison de son père, dont il hériterait un jour et devant laquelle se tenaient aussi deux petites statues de lion. Je me souviens lui avoir dit que mes lions de garde n'étaient pas petits. L'hôte a poursuivi sa description exhaustive de la maison de son père. Sa voix était forte et douce à la fois, ses paupières se rabattaient, se relevaient, sa tête basculait d'avant en arrière. Il m'a décrit les abords, le cabanon de jardin qu'on aperçoit en premier quand on arrive depuis la rue du village. Le bâtiment principal se trouvait derrière un arbre, c'était une maison qui prenait son mal en patience, suspendue à la pente en attendant que l'été lui offre un peu de soleil. L'hôte a dit ensuite qu'il s'imaginait parfois y habiter, mais qu'au fond il ne pourrait jamais y retourner. Son père était à ce point perdu que son environnement l'était tout autant. L'hôte a ajouté que jamais il n'aurait cru que la perdition de son père puisse être à ce point contagieuse, qu'il en était désolé, mais qu'il ne voulait pas en parler plus longtemps.

J'ai répondu que c'était peut-être dans la nature des pères d'être perdus. Le mien, par exemple, n'avait jamais cherché la compagnie des autres. Contrairement au père de l'hôte, il n'avait pas grandi dans une maison avec jardin et statues de lion, mais dans un petit appartement en ville avec trois frères et sœurs. Il n'avait jamais eu de chambre à lui, ni même de lit, puisqu'il dormait au salon, sur le canapé pliant dont il n'a cessé de redouter qu'il se replie brusquement sur lui. Enfant, il n'avait jamais été seul, ai-je dit, et peut-être que cela expliquait pourquoi il avait cherché et chéri l'anonymat sa vie durant, et boycotté les canapés.

Parfois je ne sais plus si j'ai vraiment dit cela. Car l'hôte ne comprend pas ma langue. Peut-être avons-nous chacun cru lire nos histoires dans les yeux de l'autre. Peut-être est-ce moi qui ai vu luire en lui la perdition. Dehors le sol était gelé, de même que le temps, pas un mouvement nulle part, hormis l'hôte engloutissant ses œufs.

Dans les neuf pièces que l'hôte n'occupe pas s'empilent des cartons étiquetés à mon nom. J'en ai déjà fait un certain nombre en prévision de mon départ. Entre-temps j'ai oublié ce qu'ils renferment, et dans mes moments d'ennui je m'imagine leur contenu : des lampadaires géants, un petit ours dansant, un fusil en plastique. Parfois je me dis que ces cartons ne sont pas à moi, que quelqu'un a apposé ces étiquettes pour ne pas devoir les emporter. Peut-être que leur contenu se transforme, comme par magie, à condition de le désirer très fort.

L'hôte aimerait pousser un peu les cartons pour que la lumière entre dans la pièce. L'hôte ne peut apporter de meubles en dehors d'un matelas, mais il doit éviter de toucher à mes affaires. Il doit payer un loyer, mais n'a pas le droit de coller son nom sur la boîte aux lettres. Mon aménagement intérieur est le cadet de mes soucis, toutefois, je l'ai toujours fidèlement conservé dans l'état dans lequel mes parents l'ont laissé, bien qu'ils soient partis il y a longtemps. Le pas sautillant, ils ont tout abandonné, tandis que je me suis retrouvée embourbée, condamnée depuis ce jour à vivre parmi leurs vestiges. Mes parents se sont résolus sans peine à se déresponsabiliser de leurs affaires et de ma personne. Ils se seraient probablement contentés de vider la maison et de tout mettre au rebut si je n'avais pas été là et tenu à ce que tout reste en place. Si mon existence n'a jamais vraiment encombré mes parents, elle ne les a jamais vraiment enrichis non plus. Sans doute n'ont-ils pas toujours su dissimuler leur déception à ce sujet.

Si la maison prenait feu, je n'emporterais rien, mais je ne la quitterais pas pour autant.

Je semble jouir d'une meilleure réputation depuis que l'hôte nous occupe, ma maison et moi. Les enfants du quartier, par exemple, à qui jusqu'ici je n'avais jamais accordé le moindre regard, ne cessent de lancer – soi-disant par mégarde – leur ballon dans mon jardin, pour venir ensuite pousser la porte d'entrée et reluquer l'hôte.

L'hôte bondit à chaque fois pour leur offrir des friandises et je ne le retiens pas. Peu m'importe qu'il prévoie d'empoisonner les enfants du quartier. Les enfants du quartier sont certes supportables parce que petits, mais ils ne sont plus si petits, ils ont – à y regarder de plus près – des mollets déjà bien développés.

Les enfants du quartier suçotent et continuent à lorgner les friandises étrangères, sans pour autant quitter l'entrée. Je songe à me munir du balai ou des trompes d'aspirateur patibulaires. Mais l'hôte me devance, il rit et veut prendre les enfants par la main, ce qui les fait fuir en braillant.

Il semble que je jouisse d'une réputation telle que le responsable du tourisme de la petite ville me gratifie d'un courrier personnel dans lequel il me remercie chaleureusement de mon engagement. Il écrit qu'il ne va pas de soi de venir en aide à ses prochains, que certains préfèrent occuper seuls et le cœur glacé d'immenses maisons qui tombent en ruine, où ils attendent la mort qui pourtant aime prendre son temps, et dans ces maisons les pièces s'empoussièrent, chacune peinte d'une couleur subtilement choisie – à ce propos, prenez garde, des imposteurs traînent dans les villes, sonnent aux portes et tentent de vendre aux braves habitantes et habitants des concepts de couleurs absurdes –, et dans lesdites pièces repeintes mais désaffectées, le sol est jonché de moutons de poussière, si bien que les cœurs glacés s'achètent un aspirateur après l'autre, lesquels finissent invariablement par rendre l'âme devant l'énormité des bottes de poussière, si bien que des collections entières d'aspirateurs hors d'usage gisent abandonnées chez les gens, sans but aucun. Il faut partir du principe, écrit-il, que ces armées d'aspirateurs sont toujours plus nombreuses, oui, qu'elles manigancent sans doute quelque chose, mais nous n'en savons pas plus. En attendant, il se dit extrêmement heureux que j'apporte une contribution non négligeable dans la lutte contre la prolifération des aspirateurs, et ce en cantonnant des sans-abri chez moi, sans compter que les allergiques aux acariens me doivent eux aussi une fière chandelle.

Quand parfois les sombres abîmes m'attirent à eux, j'appelle l'une ou l'autre de mes connaissances pour lui raconter ma vie aux côtés d'une personne issue d'une population marginalisée et discriminée, et lorsque le tableau que j'en fais est particulièrement réussi, il m'arrive en retour une vague d'admiration pour mon engagement social et humain, que j'accueille avec une humilité feinte et un toussotement affecté. Et j'ajoute alors qu'il est primordial qu'un hôte se sente bien. Qu'il ait le sentiment d'être choyé, qu'il se sente léger. C'est pourquoi il serait à tout moment inconvenant de se plaindre de ses habitudes, ou de se montrer perplexe face à ses singularités. Il convient davantage de l'accueillir et de l'intégrer résolument à notre quotidien, dis-je doctement dans le combiné.

Et je pense à part moi : je ne laisserais l'hôte fréquenter d'autres personnes qu'avec une extrême parcimonie. Il est voué à devenir ma petite expérience scientifique personnelle. Il me suffit de le nourrir assez, et de lui signifier que c'est moi la maîtresse de maison. Après tout, il n'est pas du genre à remarquer que son écharpe sort de sa veste telle une queue et qu'elle traîne par terre.

L'hôte est très seul avec moi, pensé-je encore, avant de me laisser tomber sur mon lit à l'approche de la nuit.

Au début, on fait des efforts, on se nettoie les dents et on rabat la lunette des WC. Au début, on fait mine d'être seulement de passage, comme si on allait reprendre la route bientôt. Au début, on se comporte en personne civilisée qui aurait été éduquée par ses parents. Mais je n'ai jamais été éduquée. Dès le départ j'ai dû m'éduquer moi-même, subvenir moi-même à mes besoins – exception faite de la maison qui a été mise à ma disposition parce que je n'ai aucun revenu. Pourtant je travaille toute la journée. Parfois je ne saurais dire à quoi je travaille. Ce n'est pas comme si je cherchais du travail, c'est plutôt l'inverse. Depuis que l'hôte est ici, j'ai fort à faire, bien que ce soit lui qui se charge des tâches domestiques.

Quand l'hôte se met à table avec un plat qui sort du four, j'ai envie d'y goûter. Il se précipite pour me dresser une assiette, mais je ne vois pas d'inconvénient à me servir directement dans la sienne. La *crema* du café qu'il prépare me donne aussi entière satisfaction, ce que je lui signifie d'un hochement de tête à peine perceptible. L'hôte n'aime pas le café, il trempe le bout de sa langue dans la tasse, puis fait une grimace qui pour un peu me ferait sourire.

J'ai accueilli l'hôte parce que la vie était devenue ennuyeuse, parce que des filaments de poussière pendaient aux murs, parce qu'il fallait que quelqu'un les enlève et parce que les légumes menaçaient de pourrir au frigo. L'hôte s'est chargé de tout le plus naturellement du monde. Sans restriction aucune, je le laisse nettoyer les bocaux à conserves, étendre les chaussettes de sport, racler les résidus de cire sur le sol. L'hôte se révèle d'une redoutable ténacité quand il s'agit d'extraire les graines de sarrasin des fentes du parquet.

Pendant ce temps, je dirige les opérations depuis le canapé. Ce canapé fait partie des choses oubliées ici par quelqu'un. Et parfois je me demande si, moi aussi, on ne m'a pas oubliée ici.

Quand je relève le coin de la bouche, l'hôte m'apporte une bière qu'il décapsule sous mes yeux, pour ensuite aller à reculons jusqu'à la porte – comme un vrai domestique. Et il ne se prend même pas les pieds dans le tapis persan. Je dois dire que je suis aux anges. Il ne me viendrait jamais à l'idée de prendre un autre auxiliaire de nettoyage, pas plus qu'il ne me viendrait à l'idée d'indemniser l'hôte pour son activité. Il est mon favori, l'unique, mon préposé. Il est rare que je doive lui répéter un ordre. Il fait briller les verres, aspire avec la bouche les miettes sur les tables, secoue les oreillers telle Dame Holle. L'hôte ne m'est pas seulement utile parce que sa stature lui donne accès aux interstices où se nichent les toiles d'araignées, il l'est aussi en ce que je pourrais – comme je me l'imagine – l'emmener à des réceptions importantes, l'installer au buffet et le montrer de temps à autre d'un geste auquel il répondrait par un ondoiement de ses pinceaux et par un sourire niais.

Je soupçonne l'hôte de se teindre les cils dans leur couleur d'origine. Il se maquille la peau pour qu'elle ressemble à de la peau. Il se dessine des taches de rousseur aux endroits où il a déjà des taches de rousseur. Il lave ses cheveux filasse pour les réenduire aussitôt de graisse. Il barbouille ses lèvres d'un rouge à lèvres couleur lèvres. L'hôte reste des heures dans la salle de bain, pour finalement en sortir avec la même apparence qu'en entrant.

Quand il se dirige vers le canapé, il laisse pendiller ses bras vers le sol sur plusieurs mètres, avant de s'affaler dans les coussins. Il est allongé bien à plat sur le canapé freudien, ses joues flasques tombent sur les côtés, ses bras sont comme morts.

Il y a des gens qui ont l'air d'avoir toujours été à leur place là où ils sont, bien qu'ils viennent d'arriver. Il y a des gens dont on ne dirait pas qu'ils ne sont pas à leur place là où ils sont, autrement dit, qui ont l'air partout à leur place. Je me demande si on peut s'agglutiner ou s'amalgamer à un canapé de telle sorte qu'il ne serait plus possible de dire qui est hôte et qui est canapé. J'imagine qu'il serait douloureux pour l'hôte que je me laisse tomber sur le canapé. Et je me demande combien de temps il compte encore faire durer sa pause et quand est-ce qu'il va se lever pour retourner éplucher les panais.

Par ailleurs, à y regarder de plus près, il n'est pas exclu que le style vestimentaire de l'hôte relève de la vulgarité la plus crasse, avec ces cordelettes croisées qui s'enlacent et s'entortillent autour de ses articulations, comme s'il était une sorte de Cléopâtre. Je dis à l'hôte sur le canapé : ceci n'est pas un pantalon, c'est un pyjama.

Je suis chaque jour plus convaincue que l'hôte se porte mieux quand il est dirigé d'une main de fer, quand il peut s'élever et croître le long d'une structure grimpante. Sa croissance *per se* n'est certes pas mon objectif premier, mais enfin. Au fond je préférerais qu'il reste petit comme maintenant. Il faudra donc que je bande solidement l'hôte, dans l'espoir de ralentir sa poussée et de faciliter le portage de son petit corps. Alors, un jour, je pourrais l'emmener par le vaste monde dans une valise, et des fois qu'avec ses bandelettes de momie il serait particulièrement hideux, je m'arrêterais dans des foires pour l'exhiber.

Un jour j'ai assisté dans un cirque à un spectacle de puces savantes. Nous étions assis autour d'un minuscule manège, équipés de loupes. Je me souviens que le numéro final était une course de mini-calèches tirées par des puces, une course au beau milieu de laquelle l'une des puces a soudain cessé de bouger.

J'ai aussi un faible pour les têtes réduites et les grenouilles conservées dans des flacons en verre.

Seulement je n'ai *a priori* pas l'intention de bourlinguer avec l'hôte ; plutôt sans lui. Je ne vais toutefois pas lui laisser la maison sans résistance. Tant qu'un hôte-canapé glandouille chez moi, je me dois de l'occuper. Et puis il m'amène le vaste monde à la maison, je n'ai même plus besoin d'allumer la radio. L'hôte me sert de murmure d'ambiance, parfois je pense : *musique d'ameublement*. Il s'est soudain trouvé là, et c'est comme s'il l'avait toujours été.

L'hôte refuse d'admettre que la Terre tourne, que le Soleil alterne entre lever et coucher. Il accueille chaque jour comme si c'était le premier, sort de son lit, se dandine sur le balcon et prend une mine éblouie, papillote des yeux face au panorama, incapable de nommer un seul sommet, oublieux de la veille, quand lors d'un bref exposé qui lui était destiné, j'ai appelé chaque montagne par son nom.

Ses rituels du matin me sont une énigme. Il entortille ses cheveux, ingurgite à grand bruit d'énormes bols de liquides laiteux, recouvre ses épaules de fausses fourrures. L'hôte est le mauvais goût incarné, une insulte faite à l'esthète. Je ressens pour lui de la pitié car il joue au hippie ou au mammouth, mime une espèce disparue, ce qui n'est pas d'une grande aide pour comprendre le présent. Il rêvasse tandis que nous autres travaillons, entassons l'argent sur des comptes, battons la mesure des jours. Lui trace plutôt des cercles dans les heures. Il refuse toute linéarité. Les minutes ruissellent sans but sur ses bras velus, et il continue à se balancer dans son fauteuil, ses yeux injectés de sang tournés vers la fenêtre.

Rien ne justifie que l'hôte affiche ce silence agressif. Rien ne justifie qu'il pince les lèvres et fasse mine de lire un livre éminemment théorique, à la logique discursive depuis longtemps obsolète. Il est impossible de lui enseigner quoi que ce soit, les informations le traversent. Je parle fort et distinctement – comme mon père lorsqu'il essaie de parler français –, mes lèvres sculptent les mots dans la pièce, mais l'hôte regarde sans comprendre. Si je le pouvais, je préférerais oublier, mais je suis un centre d'archives ambulant.

Il y a chez l'hôte quelque chose qui ne tourne pas rond. Ou plutôt, je sais que chez l'hôte quelque chose ne tourne pas rond. Que chez lui rien ne s'accorde ni ne concorde, qu'il est un agglomérat de pièces tirées de puzzles différents, que ses membres semblent provenir de créatures différentes tirées d'époques différentes, et qu'ils ont été cousus ou collés ensemble, si bien qu'il ressemble à un cabinet de curiosités. En tout cas, il est manifeste que la personne de l'hôte – selon la pousse de sa barbe, l'heure qu'il est, selon ses envies et ses humeurs, selon que le lait a tourné ou qu'il s'est correctement acquitté des tâches qui lui incombent – change du tout au tout.

Mais aujourd'hui, au-delà de sa native et constante discordance, il y a quelque chose qui ne tourne vraiment pas rond. Il regarde dans le vide, délaisse son gâteau à l'orange, son visage s'éclaire à peine lorsqu'on lui jette (et c'est déjà ça) le cahier Économie du journal. L'hôte est contrarié. Et quand à contrecœur je m'agenouille à ses côtés, il éclate en un hurlement polyphonique qui évoque un orgue à chats, plus particulièrement un accouplement de chats. J'ai beau y mettre la meilleure volonté, je suis incapable de traduire cette cacophonie en termes doués de sens.

Les gémissements nocturnes de l'hôte me feraient grimper aux murs, si je possédais encore des murs.

N'allez pas croire que l'hôte m'intéresse outre mesure. Peu m'importe ce qu'il a en tête quand il se retire dans ses appartements, ce qu'il transporte dans ses sacs en plastique pleins à craquer, pourquoi il crie des heures durant dans son téléphone. Je ne suis nullement attristée quand il décide de se terrer et me refuse sa présence. Je ne suis guère déçue quand l'hôte défait enfin ses cordelettes, quand enfin il s'abstient d'entortiller sa chevelure. J'exulte au contraire, car que puis-je demander de plus à l'hôte que de s'enfermer pour s'adonner à ses singularités ?

Mon téléphone sonne à son tour. Il vaut mieux ne décrocher sous aucun prétexte, sait-on jamais, il pourrait s'agir d'insolubles affaires de famille. Sait-on jamais, ce pourrait être mon frère et ma sœur qui ont pour coutume de n'appeler que quand ils veulent quelque chose que je n'ai pas envie de leur donner. Sait-on jamais, ce pourrait être mon frère et ma sœur qui me demandent de faire mes cartons et de débarrasser le plancher. Mon frère et ma sœur se sont multipliés, ont eu des enfants et donné une forme à leur vie. Leurs reproductions infantiles se tiennent comme des ombres dans leur dos, elles leur offrent un appui. Si mon frère et ma sœur ont un jour été des points d'interrogation, leurs enfants sont désormais des points d'exclamation. Mon frère et ma sœur, qui ne sont plus jamais seuls mais parcourent le monde à double ou à triple, pourraient m'appeler pour m'annoncer que leur existence multiple nécessite une maison aux pièces multiples, maison que justement j'occupe seule. Ils pourraient appeler pour m'informer que, s'ils sont heureux que quelqu'un se soit chargé de déblayer les pierres qui se détachaient de la façade, ils ont désormais assez de mains à leur service, et même davantage que celles dont moi je dispose.

Je devrais peut-être prendre cet appel et répondre à mon frère et ma sœur que je me suis moi aussi multipliée, que pour ma part j'ai accueilli un hôte dans le besoin, lequel comble parfaitement le prétendu vide qui régnerait dans la maison. Je devrais peut-être leur répondre que cela ne se fait pas de chasser un pauvre hôte qui ne maîtrise pas notre langage – tant parlé que culturel – et qui par conséquent est tributaire de mon aide d'urgence, à savoir mon domicile. Je devrais peut-être leur répondre qu'ils sont des monstres et qu'ils devraient avoir honte de mettre leurs luxueuses et inconvenantes envies sur le compte de leur démultiplication infantile, pensé-je sur le canapé tout en m'étirant avec joie.

Au point du jour, l'hôte se glisse dans ma chambre pour voir s'il n'y a pas une petite place auprès de ma silhouette endormie, pour finalement se coucher devant la porte où il somnole comme un chat, dressant l'oreille et s'étendant de tout son long. Quand je sors de ma chambre vêtue de ma chemise de nuit de grand-mère, il ouvre aussitôt les yeux et se met à rire, comme s'il y avait matière à rire. Il garde ses chaussures pour dormir.

Je ne comprends pas pourquoi l'hôte ne parvient pas à mater les trompes d'aspirateur dans son cagibi. Avant que sa présence n'ouvre une nouvelle ère, je suis entrée à maintes reprises dans la pièce et en suis toujours ressortie indemne. J'admets certes avoir parfois eu recours à un balai pour repousser, voire dompter les trompes d'aspirateur d'un coup sur le museau. Et bien sûr, de peur de perdre leurs faveurs, j'ai toujours pris soin de conserver l'un ou l'autre monceau d'ordures à leur intention. D'entrée de jeu, j'ai dit à l'hôte qu'il fallait qu'il cohabite avec les trompes d'aspirateur, qu'il n'était pas possible de les ranger ailleurs, qu'après tout c'était là qu'elles semblaient le plus à l'aise. Et j'ai l'impression qu'elles se portent encore mieux depuis que l'hôte a installé son matelas parmi elles. Il se pourrait bien que l'hôte invoque les trompes d'aspirateur pour justifier sa chevelure en bataille. L'hôte laisse pousser ses cheveux filasse à tout-va, au lieu de les gominer comme il faut. Je lui ai signifié qu'il y a dans cette petite ville un magasin de brosses où il aurait tout intérêt à faire un tour. Sa coiffure me gêne à tel point que j'ai proposé de lui avancer l'argent pour qu'il achète une brosse à cheveux. Mais si l'hôte reste sourd à mes propositions, il devra se contenter des trompes d'aspirateur, de leur pouvoir coiffant qui – sauf mon respect – n'a pas l'air bien élevé. D'ailleurs les trompes préfèrent aspirer la peau, sur laquelle elles laissent des taches sombres. J'ai informé l'hôte que cela aurait pour effet de favoriser sa circulation sanguine et sa santé en général.

C'est comme si j'avais fait du tort dans mon sommeil.

L'hôte est sur le seuil, il dit qu'au cours de la nuit il a cherché à ôter la couverture de quelqu'un, parce que ce quelqu'un transpirait terriblement et gisait pour ainsi dire dans une flaque. Il aurait alors effleuré ce quelqu'un et, dans notre sommeil, nous aurions eu un rire gêné. Au matin il aurait tenté de réveiller ce quelqu'un en le secouant sans ménagement, lui tirant même un peu les cheveux et laissant entrer la lumière dans la pièce, mais nous n'aurions pas bougé d'un centimètre, au contraire, nous nous serions entortillée dans la couette de façon à ce qu'il ne soit plus possible de nous en extraire, et voilà qu'il aurait encore un peu gratté le cocon avec ses griffes, avant de se voir contraint de renoncer. Il en a maintenant terminé avec son histoire, certes correcte sur le plan grammatical mais mensongère sur le fond, et il quitte le seuil qui en réalité est mon seuil.

L'hôte est trop à son aise. Les bottes qu'il chausse et qui ne sont pas les siennes lui vont comme un gant. La polaire qu'il m'a empruntée lui sied à merveille. Son corps se love contre et dans les choses comme si elles avaient été faites pour lui. Il se cramponne à un livre dodu qu'il tache de ses doigts sales. De temps à autre il profère des visions qui ne se réalisent pas. Je n'ai jamais voulu qu'il mène des recherches théoriques. Il est grand temps que je le bombarde de boules de neige – et des grosses si possible !

À la nuit tombée l'hôte se tait, s'allonge sur le lit, jette des regards de biche et sourit de sa mâchoire pointue du fond de la capuche en plumes de son sac de couchage. Quand ensuite il ouvre lentement la fermeture Éclair, que seul un maillot de corps – à peine plus ! – apparaît dessous et que sa peau blanche luit à la lumière des bougies, je sais qu'il vaut mieux que je me couche dans la cuisine, où règnent des températures négatives, plutôt qu'au côté de l'hôte nu dont je n'ai pas l'intention de couver la potentielle descendance.

Je ne me souviendrai bientôt plus des journées, mais uniquement des nuits, voire des aubes qui se réduiront à une seule et unique aube se répétant à l'envi. L'hôte raconte des bizarreries dans son sommeil, accompagné du chœur haletant des trompes d'aspirateur.

Les chants traversent les murs, je me berce aux traumatismes de l'hôte. Il a fait de toutes les pièces des saunas soporifiques, en ouvrant les radiateurs et en allumant même un feu de cheminée. Il ne faut surtout pas s'endormir. Si je succombe au sommeil, je succombe à l'hôte. Il m'arracherait de mon lit, me traînerait dehors, me coucherait dans la neige pour me congeler, se nourrirait de ma chair et de mon sang des semaines durant. Je suis allongée, engourdie comme des fourmis dans une fourmilière après que des intrus y ont répandu leur narcotique et les ont doucement assommées.

Le matin, l'hôte se réveille aux premières heures du jour et manifeste son entrain tandis que, harassée de fatigue, je peine à relever la tête. Je l'entends s'affairer et je m'inquiète. Je plisse le front, m'extirpe du lit et me dirige vers lui d'un pas lourd. Il est occupé à faire un gigantesque feu dehors, tout ça pour deux petites saucisses, alors qu'on pourrait y faire cuire une vache, deux vaches même, ou une vache farcie d'une truie farcie d'un mouton farci d'une poule. Je serre les dents et ne dis rien, je me montre affable, complaisante même, mais ce feu inutile sur lequel l'hôte entreprend de souffler comme un fou me fait douter de la raison de l'homme en général, et de la raison de cette créature en particulier. Peu après je croque à contrecœur dans la saucisse que l'hôte me tend.

J'ai l'impression d'avoir laissé la maison à un anarchiste. L'hôte est ivre, son apparence m'évoque un mannequin publicitaire des années 1980. Il risque de perdre la vue à force de déambuler sans protection oculaire dans l'éclat du soleil et de la neige, donnant maintenant des coups de fourche à la recherche du tas de fumier. S'il ne retrouve pas le tas enseveli sous la neige, il faudra impérativement disposer un nouveau tas qu'il conviendra ensuite d'incendier. Les excréments, il vaut mieux les faire flamber. J'oblige l'hôte à surveiller le fumier en feu avec ces mots : nous ne sommes pas un hôtel, et je m'éloigne en direction de la terrasse ensoleillée, où je me mets à feuilleter une encyclopédie ornithologique en sirotant une tisane de fenouil. Par intervalles, le vent me rapporte l'odeur et les couinements de l'hôte.

Je jette des ombres, d'accord, mais je ne jette pas d'ombres à l'intention de l'hôte. Il n'a qu'à attraper son coup de soleil tout seul.

Des cheminées s'échappe de la fumée, et de la fumée sort aussi de nos bouches qui tirent sur des cigarettes rationnées : une par jour. Nous sommes assis devant la maison enneigée, appuyés contre la façade, emmitouflés dans la fourrure, le son mat de la coupe du bois encore dans l'oreille, et dans le gosier le vin blanc qui autrefois coûtait trois francs. Nous fumons notre propre chair parce que nous ne remarquons pas qu'entre nos doigts engourdis la cigarette s'est consumée depuis longtemps. Il reste trois secondes avant que le soleil ne disparaisse derrière la montagne, trois secondes avant que le jour ne bascule dans la nuit.

Le paysage est beau mais terne, beau mais bête.

Je regarde avec les jumelles le sommet d'en face, là où l'armée a monté des tentes et s'approprie quelques maisons abandonnées. Deux soldats au volant d'une dameuse creusent des tranchées dans la masse neigeuse. L'hôte et moi faisons tout comme si c'était la dernière fois, parce que nous ne savons pas jusqu'à quand nous aurons assez à manger, parce que nous ne savons pas jusqu'à quand nous aurons assez de bois, parce que nous ne savons pas jusqu'à quand nous supporterons cet air des montagnes. L'hôte et moi partageons une tranche de pain et disons en riant : la vie comme au temps de Jeremias Gotthelf !, mais le rire est de courte durée car nous ne sommes pas ici pour plaisanter mais pour débattre de qui a le droit à davantage de couverture, de pain, de mauvais vin blanc, de qui est le plus méchant, le plus drôle, le meilleur en somme, et je sais déjà que c'est moi et que ce sera toujours moi.

Les gouttes de neige fondue donnent un concert rythmique.

Quand la rumeur d'un véhicule se fait enfin entendre, je sors en courant dans l'espoir que quelqu'un emprunte le chemin, mais le bruit a été provoqué par deux avions de chasse en patrouille. Tel un couple dansant, ils enchaînent les formations, volent en parallèle, rompent puis se retrouvent, avant de disparaître derrière la pointe de la pyramide.

Elle se dresse dans le ciel, comme un animal qui tend son dos au soleil. Il arrive que son ombre pointe directement sur ma maison, l'empale lentement à mesure qu'elle se déplace, la dévore tout entière et la plonge dans le noir.

Hier j'ai bu avec exagération, c'est à peine si j'ai trouvé en titubant le chemin qui mène de La Tourelle à chez moi, j'ai pataugé à tâtons dans la neige et suis tombée sur un ex-compagnon et sa nouvelle femme que j'ai salués avec une amabilité feinte mais apparemment crédible, puisque passé la première surprise ils se sont réjouis de notre rencontre. Je peux donc affirmer sans l'ombre d'un doute que ma présence est généralement fort appréciée et souhaitée. De même, quand une des nombreuses araignées de ma maison se décide par exemple à mourir, elle le fait de préférence dans ou près de mon lit.

Enfant déjà, j'avais conscience de mon utilité. Un jour au restaurant je jouais avec une girafe en peluche qui faisait partie du coin jeu. Au moment de partir, mes parents m'ont dit que la girafe n'était pas à moi, que je devais la laisser là mais que je pouvais la caresser une dernière fois pour lui dire au revoir. À la suite de quoi j'ai agrippé de mes petites mains le cou de la girafe et hurlé en boucle : mais la girafe a besoin de moi, elle a besoin de moi ! Il a fallu détacher un à un mes doigts vraiment tout petits du cou de la girafe, pendant que je braillais de plus belle.

Hier donc, installée au comptoir de La Tourelle je me suis passablement alcoolisée, alors que le serveur au comportement grossier et au ricanement diabolique m'enjoignait de vider des doubles doses de tequila, accompagnée de citron mais sans sel. Ses cheveux étaient rasés avec une précision ridicule, son corps frémissait d'ennui. Très vite il s'est enquis de mon orientation sexuelle, voyant dans mon visage non maquillé le signe de mon homosexualité. Il a ensuite déposé dans ma main la carte d'un écrivain qui s'est donné pour mission de propager l'existence d'une vie extraterrestre. Pour ma part, l'exotisation des choses me dégoûte toujours plus, raison pour laquelle je porte des pantalons de laine dans lesquels j'aime rentrer mon sweat-shirt, et je ne supporte pas de me faire imposer quoi que ce soit par qui que ce soit. Un jour à l'école maternelle, ma mère a cru bon de s'excuser personnellement auprès de la maîtresse parce que je choisissais moi-même mes vêtements.

Fait curieux, l'achat d'un blouson rouge a toutefois amélioré mon quotidien. Sa couleur est si tape-à-l'œil que les regards s'en détournent naturellement, générant une cécité à l'égard de ma personne. À l'heure actuelle, j'ai très chaud et enlèverais volontiers mon blouson, mais j'ai peur de dévoiler ainsi ma présence.

L'hôte, lui, est verni, on le remarque à peine. Je le lui ai déjà dit, mais son humeur reste de plomb. Il aime aller courir en forêt en doudoune rose, les mains protégées par des gants de cuir surdimensionnés. Il lève les jambes à grand-peine, courbe l'échine, les commissures de ses lèvres tombent en direction de la terre humide. Après mûre réflexion, j'ai décidé d'esquiver l'hôte et son désespoir.

Du côté de mon père, l'usage du pronom *on* est très courant. Par son effet de distance, *on* m'est particulièrement proche. Les vendredis, mon père et mon oncle Walter aimaient se rendre en Alsace voisine et se pencher sur le menu de poissons. Je les ai accompagnés dès mon plus jeune âge, caressant la fougueuse chienne de berger qui, quand elle mourait de vieillesse, était remplacée par une chienne plus fougueuse encore, devenue quasiment impossible à dompter, tandis que mon oncle Walter, lui, vigoureux certes mais vieillissant inéluctablement, était traîné au bout d'une laisse. J'étais fascinée, en les écoutant, par leur façon de mobiliser une foule d'inconnus – dans le sens qu'ils n'existaient pas – pour étayer leurs avis personnels, et ce par l'emploi du *on*. J'ai alors compris qu'il n'y avait pas que ma propre histoire, mais que l'histoire de mon oncle était inéluctablement liée à la mienne, et à tous les hôtes du restaurant de poisson alsacien et au-delà.

L'histoire de l'hôte, qui n'est pas la mienne mais qui devient toujours plus mienne, me pèse terriblement. Ce n'est pas parce que je peux porter beaucoup que je veux porter beaucoup.

La porte d'entrée s'ouvre au moindre coup de vent, si bien que j'en viens à regretter d'en avoir une. Autrefois déjà, les gens entraient et sortaient de chez moi comme bon leur semblait, ils y entraient surtout. Ils s'installaient dans le canapé ou près de mon lit, m'étaient tantôt connus, tantôt inconnus. Il ne s'est encore trouvé personne qui ne lise pas mon journal, n'enfile pas ma polaire noire ou ne cherche pas à dormir en douce dans mon lit. À chaque fois, il a fallu que je m'assoie et discute avec ces personnes. Pourtant cela m'horripile de devoir sans arrêt écouter les gens. J'essaie aussi d'interdire à l'hôte de parler tant qu'il n'a rien d'intéressant à dire. Ses paroles glissent sur moi et s'écoulent, ainsi que je l'imagine, directement dans la bonde d'évacuation, bonde que ses cheveux filasse ne manqueront pas de boucher bientôt. Le problème de l'hôte, c'est qu'il ne maîtrise pas la langue, de sorte qu'il entremêle les expressions ou applique improprement la grammaire, et que je me fatigue à vouloir deviner ce qu'il peut bien vouloir me dire. J'ai laissé parler l'hôte longtemps et beaucoup, quoique dans une langue incompréhensible. J'ai la conscience tranquille et le droit de récuser la responsabilité qu'on pourrait m'imputer. Ce n'est pas parce que l'hôte s'est déclaré prêt à me servir que je suis responsable de sa personne. Je réclame au monde davantage d'irresponsabilité.

Un jour j'ai vécu cette scène : en montant dans le tram, je me suis retrouvée à côté d'un vélo sans maître. Quand le tram s'est mis en branle, le vélo a tangué et menacé de tomber. Une possibilité aurait été que je le rattrape – j'étais seule à ses côtés –, mais cela ne m'est pas venu à l'esprit, sachant que cet engin ne m'appartenait pas et qu'il ne relevait pas de ma responsabilité. Je l'ai donc regardé se fracasser par terre sans sourciller, avant de m'éloigner d'un pas léger, ma robe de laine dansant sur mes mollets.

De mon point de vue, il n'y a rien de surprenant à ce que des bus foncent dans des murs. J'ai été récemment témoin, pour la énième fois, de la patience inouïe dont le conducteur doit faire preuve à chaque arrêt, contraint d'attendre que tous les passagers – aînés, séniles et indigents compris – se soient décidés à entrer ou sortir avec une infinie lenteur, à s'asseoir ou du moins à se tenir, avant de pouvoir enfin fermer les portes – au ralenti –, jusqu'à ce qu'une dernière personne se précipite vers le bus et que le processus reprenne à zéro. Et j'ai des haut-le-cœur rien qu'à imaginer le bus cheminant au pas, d'un arrêt à l'autre, répétant inlassablement son opération escargot. Non, je ne comprends pas qu'il puisse exister des gens qui supportent ce travail au quotidien, voire y trouvent de la satisfaction.

Je n'ai jamais dit que j'étais fière de ma méchanceté. Mais j'avoue m'en être rapidement accommodée. J'estime avoir toujours tout mis en œuvre pour dire aux gens essentiellement ce qu'ils voulaient entendre. Depuis toujours je souffre d'une étrange relation à la parole. Il m'est arrivé d'en rendre certains fous en gardant trop longtemps le silence ou en tenant, comme plongée en moi-même, un interminable monologue qu'ils n'osaient pas interrompre.

L'hôte lève le regard, comme s'il cherchait des surtitres. Il ne trouvera aucune réponse là-haut. Il n'y a pas de surtitres. Ce que je dis, je le pense. Ce que je dis, personne ne doit ni ne peut le traduire. Alors l'hôte se rassied dans le fauteuil à bascule et se replonge dans son dictionnaire en vue d'améliorer sa maîtrise de la langue.

Parfois, quand je vois l'hôte qui refuse d'obtempérer et par bravade rentre la tête dans les épaules, il me fait penser à la dynastie de bossus qui est la mienne. À mon grand-père, à mon oncle Walter, à mon père, à cette lignée qui, sous le regard sévère du père, grand-père et arrière-grand-père prédicateurs de secte, courbait l'échine. Maintenant qu'ils sont tous morts ou absents, je suis la seule qui puisse maintenir la tradition de cette présence bossue au monde. Mais plutôt que de faire le dos rond, ce à quoi mon arbre généalogique m'inviterait, je ressens une grande envie de bomber le torse.

Quand l'hôte ouvre la bouche et s'apprête à parler, j'aime lui griller la politesse.

Je compte ébaucher à partir d'aujourd'hui un corpus exhaustif des règles auxquelles l'hôte doit se plier. Cela rendra service à tout le monde. Et le règlement pourrait être complété à loisir. Je le conçois tel un livre saint dont l'hôte disposerait près de son lit. S'il a des questions – et je crois qu'il en a beaucoup –, il trouvera les réponses dans le règlement au lieu de me déranger dans mon travail. Contrairement à la Bible, il s'agirait d'un écrit non pas collectif mais rédigé par moi seule. J'en ai assez des écrits collectifs. Certes, je n'ai encore jamais pris part à la rédaction d'un écrit collectif, mais il me serait pénible que quelqu'un d'autre que moi cherche à donner son avis. L'hôte doit comprendre que cela ne va pas de soi qu'il se promène ici en caleçon.

Je devrais abattre beaucoup de travail, mais je suis prête à tout laisser en plan et à instruire l'hôte. Je lui achète même un pantalon correct au supermarché.

Puis je lui achète des pantoufles et quelques livres, et je prévois de lui couper les ongles de pied dans son sommeil, ainsi que le faisaient mes parents quand je refusais obstinément de me faire raccourcir les ongles et que, résultat, je me promenais avec des griffes.

De nouvelles personnes commencent à s'agglutiner devant ma maison pour y prendre une chambre. Une véritable queue finit par se former devant ma porte d'entrée, avec des gens prêts à s'embrocher avec leurs parapluies si cela pouvait leur assurer une place dans ma maison. Ils portent des lunettes dorées pour faire comme l'hôte. Ils attachent des pinceaux à leurs doigts et se couvrent de capes de pluie sans fermeture Éclair. Il y en a même un pour transporter un aquarium dans lequel s'ébattent des poissons noirs. Et ne seraient-ce pas là mon frère et ma sœur flanqués de leurs ombres qui rejoignent à l'instant la queue ? Je crie que ma maison ne contient qu'une seule chambre que j'ai la générosité de louer, et je claque la porte.

Quand cela me chante, je fais néanmoins comprendre à l'hôte qu'il peut être remplacé à tout moment. Il m'arrive même d'adresser par la fenêtre de la cuisine un clin d'œil à l'un ou l'autre des candidats. Alors je songe que si j'accueillais un hôte après lui, ses pieds auraient une autre forme, et que par conséquent mes sandales Birkenstock prendraient aussi une autre forme. Je pourrais garder les accessoires de l'ancien hôte pour le nouvel hôte, les retoucher ou les raccourcir au besoin, rayer par exemple les lettres brodées sur la serviette en coton et y accoler le nouveau nom.

Mon frère et ma sœur auraient sonné à la porte pour s'enquérir de ma personne et de ma santé. Après avoir passé des heures à remonter la queue, ils auraient été surpris de trouver un hôte dans la maison, se réjouissant toutefois, auraient-ils dit, de faire sa connaissance. Ils lui auraient posé quelques questions de circonstance – Qui es-tu ? D'où viens-tu ? Est-ce que les pinceaux sur tes doigts sont des vrais ? –, puis l'auraient prié de m'appeler, ce que l'hôte aurait fait sans attendre mais sans succès, de telle sorte qu'ils n'auraient eu d'autre choix que de me transmettre pour message qu'ils seraient heureux de me revoir, ou au moins de m'avoir au téléphone.

Je ne sais pas qui a le plus menti : l'hôte ou mon frère et ma sœur.

Je dis à l'hôte – au cas où par malchance il serait contraint de reparler avec mon frère et ma sœur ou qui que ce soit d'autre – qu'il peut leur faire savoir que je suis absolument désolée de les avoir manqués et que je les contacterai sitôt que j'en aurai le temps, ce qui, dois-je les avertir, n'est pas fréquent. Que je suis une personne fort occupée, que je croule pour ainsi dire sous le travail, qu'après tout je prépare un écrit saint dont les brouillons jonchent le sol et forment un fouillis dans lequel il m'arrive de m'enliser, que je dois par-dessus le marché m'occuper de cet hôte qu'il faut gérer et surveiller, car oui, vu son manque d'autonomie il a besoin de mon aide pour tout ce qu'il entreprend ou presque, même faire la poussière correctement il n'en est pas capable, sans parler de cette étrange relation qu'il entretient avec les trompes d'aspirateur, mais ça, je l'expliquerai une autre fois. Qu'il y a encore une chose importante, une chose qu'ils doivent absolument entendre : aujourd'hui l'hôte a l'air encore petit, mais il ne va pas cesser de grandir et dix chambres ne seront pas de trop pour l'héberger, il faut pour l'instant qu'ils – mon cher frère et ma chère sœur – reportent leur emménagement dans la maison, si telle est bien la raison de leur venue, et même si j'ai parfaitement conscience de l'urgence, à cause des ombres ou plutôt des enfants qui la justifient, l'hébergement de l'hôte dans cette maison est tout aussi voire encore plus urgent. Qu'enveloppé de haillons et dépourvu de toute joie de vivre, il était venu gratter à ma porte et que je lui avais octroyé un asile temporaire, par charité, le temps qu'il échange ses haillons contre des étoffes présentables et trouve quelque part un peu de joie de vivre, ce qui jusqu'à présent n'était malheureusement pas le cas. L'hôte restait une créature pitoyable – cela ne leur avait pas échappé – et je les priais donc instamment de rassembler toute leur humanité et de laisser l'hôte et mon humble personne cohabiter encore un moment dans la maison, nous leur en serions tous deux très reconnaissants.

À chaque fois que j'ouvre le placard dans lequel je stocke mes aliments – précieux parce que élevés au rang de raretés –, je n'y trouve que becquetance à moitié grignotée. Ce n'est pas parce que l'hôte range ses tranches de pain de seigle dans mon garde-manger qu'il a vocation à y entrer comme dans un moulin. Il y a des règles ici, rédigées, imprimées et plastifiées tout exprès et à grand frais.

Une fois, j'ai d'ailleurs plastifié un cafard vivant. Et depuis que l'hôte a emménagé, les mites ont tout infesté.

Plus jamais je n'inviterai personne. Plus jamais je ne préparerai d'apéro avec de savoureux produits de la région. De toute façon l'hôte est un soiffard. Le bon vin blanc est sifflé d'une traite, les cubes de fromage engloutis à toute vitesse, et ce en dépit d'une prétendue intolérance au lactose. La mienne, de tolérance, est aussi en passe de devenir e indigestion. L'hôte est indigeste omment répondre à sa façon de sou- créations dialectales autrement qu'en de la musique folklorique qui, si elle est orture pour mes propres oreilles, primo fait rtie de mon identité culturelle et deuxio effraie l'hôte qui en lâche son verre de vin, lequel – sage précaution – n'est pas en verre mais en plastique.

À celui qui veut se débarrasser au plus vite d'un hôte, il est recommandé de le réduire à la famine. Dans les placards, les denrées alimentaires doivent être scellées et mises sous vide. Dorénavant il faut s'abstenir de faire les courses. Une série de cadenas barre l'accès au garde-manger. Sitôt qu'il croira être seul, l'hôte affamé se ruera sur les placards mais n'y trouvera rien de comestible. L'effet sur son moral sera immédiat. Pourtant il n'en laissera rien paraître, car il se doit d'être empli – tout entier et à ras bord – de la gratitude qui découle du toit provisoire au-dessus de sa tête, et de son séjour par nous consenti. Une fois ravalé son dépit, l'hôte affamé plongera dans une léthargie qui le rendra docile. Il s'assiéra à table et me regardera à travers ses orbites faméliques. Quel que soit l'ordre que je lui donnerai, il le recevra d'un hochement de tête absent. Il dira d'un air qu'on dirait consommé par la folie : je me nourris de plus en plus sainement mais suis toujours plus malade. Il est temps que je me remette à boire. Serais-je un poisson échoué sur la rive ? Il faut que quelqu'un m'arrose pour que je renaisse à la vie.

Et soudain l'hôte éclate de rire.

La nuit, quand l'hôte a sombré dans son sommeil cauchemardeux, je prends les mesures de sa dentition.

Du fait de cette insomnie causée par l'hôte, je passe mes nuits à regarder les retransmissions des finales de snooker, et la douceur ouatée avec laquelle chacun se déplace autour de la table me procure une joie toujours plus intense. Seuls les regards fusent d'une bille à l'autre, lesquelles attendent patiemment le coup qui les expédiera dans une des poches. Puis une bille tremble, hésite et tournoie, elle refuse de disparaître dans le noir. Les joueurs de snooker esquissent parfois un sourire quand ils ratent un coup, à l'instar de Mark the Shark et son allure – son sourire blanchi surtout – de star hollywoodienne. Mais le plus souvent les billes obtempèrent et roulent comme sur des rails jusque dans les trous.

Qui est *snooké* est pris au piège. *Snooker* l'autre peut représenter l'ultime chance de victoire, ou accélérer la chute de l'adversaire. Le *snooké* doit faire faire à ses boules toutes sortes de détours sur la surface verte. Et s'il parvient à s'extraire du piège, il est récompensé par un tonnerre d'applaudissements de la part d'un public par ailleurs très discret. Le joueur à qui ce n'est pas le tour doit s'asseoir à côté de la table et siroter sa boisson. Il ne peut rien faire, sinon refuser d'assister à sa potentielle chute en détournant ostensiblement le regard vers les spectateurs – avec le risque de perdre le fil du récit et donc tout contrôle sur la partie qui se joue sur la table.

Je n'ai qu'une seule paire d'yeux à diriger sur les gens.

Entre-temps l'hôte s'est couché sur le tapis persan et ne le quitte plus. Il a l'air souffreteux, me fait venir pour que je le couvre et plonge aussitôt dans un sommeil comateux. Il ronfle tel un roc stupide, sursaute dans ses cauchemars, retourne à l'état rocheux. Et comme je préférerais regarder Mark the Shark faire danser son reposoir, ni une ni deux j'embobine l'hôte dans le tapis persan et, tel un rouleau de moquette endormi, je le traîne hors du salon – d'ailleurs, à ce sujet : *traîner* compte depuis longtemps parmi mes verbes favoris.

Je traîne hôte et tapis à travers la maison, en prenant soin de heurter les coins et les cadres de porte. Puis je fais dégringoler des escaliers hôte et tapis, mais il ne songe toujours pas à se réveiller. Alors je le traîne encore jusque dans le cagibi qu'on ne peut plus dire mien depuis que l'hôte l'a annexé. Les trompes d'aspirateur s'écartent d'un air entendu au moment où je pénètre dans la chambre. On veut être bon, on veut aider l'hôte, après tout ses ronflements sont peut-être l'expression d'un profond traumatisme de guerre, la conséquence d'une grande solitude, la marque de son existence nomade. L'hôte est aussi vide que la bouteille de gin que j'ai sifflée avant-hier par désespoir de sa visite sans fin.

Et le rouleau d'hôte dort depuis lors du sommeil du juste, et je m'en réjouirais si je n'avais pas été dérangée dans mon propre sommeil. À l'heure qu'il est, j'aurais grand besoin de me coucher dans un lit et de fermer enfin l'œil. Mais dans mon cas on ne peut plus parler de sommeil, tout au plus d'un tourneboulage, d'un entortillage de couvertures, d'une suite de levers et de couchers, d'un cycle sans issue.

De temps à autre, je passe mon rouleau à vêtements sur le visage endormi de l'hôte. Mes cheveux pèsent alors comme un tapis sur mes épaules, lourdement, alors qu'ils ont toujours été légers.

Ma colonne vertébrale est toute raide. Je suis allongée dans mon lit telle une pharaonne et j'essaie d'attraper les livres à proximité, mais le bout de mes doigts ne fait qu'effleurer leur dos. Je suis une momie tributaire de l'hôte. Je le sonne, il apparaît aussitôt à la porte, comme s'il avait attendu là. Il prend une mine compatissante qui n'a pas lieu d'être. Je suis une personne de constitution solide – mais à l'échine fragile. Je n'aime pas qu'on me stigmatise pour ma nature bossue ou qu'on essaie de me redresser.

À l'école déjà, quand on m'interrogeait, j'étais incapable de répondre, alors que l'instant d'avant, j'y serais parvenue. Jamais au cours d'une leçon je n'ai pris la parole, ce qui m'a valu d'incessantes réprimandes. Après cela il m'est devenu définitivement impossible de lever la main, et de toute façon j'avais mieux à faire, comme lancer des balles de tennis dans la cour de récréation.

Désormais je suis incapable de lancer quoi que ce soit, je ne peux même pas relever la tête bien qu'elle soit plutôt petite et légère. L'hôte dit que c'est l'hiver qui provoque ces raideurs. Lui aussi souffre du froid qui s'introduit par les fissures des fenêtres. Et n'étant pas suffisamment armé contre ce froid, il doit m'avouer qu'il se couvre parfois la nuit de mon blouson rouge, avec, il se sent parfaitement bien, et il arrive aussi que les trompes d'aspirateur se blottissent sous sa couverture.

Il voudrait me faire manger des patates douces et du beurre de cacahuète. Il prépare un pain aux fruits dont les tranches ressemblent à des tranches de corps humain. Je pince les lèvres. Je ne veux pas manger une tranche humaine. Je préfère mourir de faim plutôt que d'être empoisonnée par l'hôte. Pendant ce temps l'hôte reste assis près de mon lit, bien que je ne cesse de lui montrer la porte. Et il sourit poliment quand je me décide enfin à longer le mur de la pièce, un millimètre après l'autre.

Depuis que l'hôte est arrivé, les citrons n'ont plus de goût.

Depuis que l'hôte est arrivé, à peine levé le soleil se couche.

Depuis que l'hôte est arrivé, on est vieille et malade et notre manteau d'hiver est couvert d'une saleté qu'on prévoit d'ôter avec un rouleau à vêtements, mais l'entreprise est vaine.

Depuis que l'hôte est arrivé, les gens sont maussades et les maisons petites, et le vent traverse les fenêtres. On colle ses extrémités au radiateur et on sirote une infusion, les lambeaux de citron flottent comme des méduses dans la tasse.

Depuis que l'hôte est arrivé, une carence en vitamines s'est déclarée. On se sent si fatiguée que les bras pendent de part et d'autre du corps, qu'on est incapable de lever la main en guise de salut, qu'on est incapable de mettre un pied devant l'autre et donc de marcher, qu'on reste plantée là comme un poteau électrique. On parvient tout de même à se traîner chez le médecin, qui nous prescrit toutes sortes de produits susceptibles de chasser la pesanteur de nos membres. Puis on se traîne jusqu'à la pharmacie, on parcourt tout l'alphabet et on gobe une soupe de lettres sous la forme de gélules, comprimés et pastilles, et tout en se les jetant dans le gosier on pense : cette carence ne s'en ira que le jour où l'hôte s'en ira.

Si l'hôte est réellement une maladie, alors elle ne connaît pas de remède. Je suis inconsolable, car la maladie dont l'hôte est le nom va m'anéantir. Je geins et je hurle car la maladie aura raison de moi. Je vois venir de coûteux traitements et des opérations que mon compte en banque n'est pas en mesure de supporter.

Je menace d'être secouée par des quintes de toux.

Jamais je n'ai pleuré devant les autres enfants. Pas même le jour où je suis tombée la tête la première dans une fontaine à sec. Ni celui où mon ami d'enfance, qu'on appellera Laurenz, m'a montré sur le téléviseur installé dans la chambre à coucher de sa mère une scène de sexe, faisant rapidement avancer la cassette VHS jusqu'à ce qu'apparaissent, assis enchevêtrés sur un lit, un homme nu et une femme nue. Laurenz me l'a montrée parce que – selon ses mots – l'idée lui était spontanément venue de reproduire avec moi cette scène ou une autre du même acabit. Je n'étais pas complètement contre.

Quelques jours plus tard, nous avons trouvé un coin approprié au grenier et en guise d'essai – tout habillés – nous nous sommes couchés l'un sur l'autre dans la poussière. Toutefois, plutôt que de nous relever et de nous épousseter, Laurenz m'a soudain agrippée et étranglée. J'ai mouliné des bras sans être en mesure de le repousser. Il me tenait fermement, ses yeux me fixaient derrière ses verres de lunettes et, quand quelques minutes plus tard il m'a enfin libérée, il a fait comme si c'était une blague à laquelle je devais rire – alors j'ai ri.

Une fois j'ai invité la voisine à se cacher dans mon armoire et à nous regarder nous embrasser par l'entrebâillement. Laurenz n'était pas au courant, il n'était pas non plus au courant que la voisine et moi pratiquions ensemble une sexualité enfantine épanouie.

Dans une baignoire, on est à l'étroit. Surtout si on s'y installe à deux. La solution consiste à s'empiler ou à s'emboîter, ou bien à ramener ses jambes de façon à ce que chacun et chacune ne forme plus qu'un petit balluchon. Si l'on opte pour la solution du balluchon, les parties du corps qui sont hors de l'eau refroidissent vite, quand elles ne prennent pas carrément froid, telles les pointes émergées d'un iceberg. D'où l'importance de faire frire le balluchon dans l'eau brûlante, d'immerger chaque partie du corps pendant quelques minutes. Mais il faut veiller à toujours garder une narine au-dessus de la surface. Pendant ce temps l'autre narine gargouille sous l'eau, contribuant par là au bien-être auditif.

Pareille technique peut aussi s'employer dans un canapé. Si chacun et chacune s'adossent à un accoudoir et relèvent les jambes, celles-ci se rencontreront au milieu du canapé. Et selon la longueur du meuble, on pourra parler de chevauchement. Si le chevauchement est souhaité, les jambes s'empileront à volonté les unes sur les autres. Les pieds prendront place entre les jambes de l'autre ou sur son ventre. Et par-dessus cette macédoine de jambes il conviendra d'étendre un plaid écossais. Une jambe nue glissera peut-être sur le sol, mais elle sera vite ramenée sous la couverture.

Si on fait le choix de se coucher en mode chevauchant et couvrant, il faut espérer que la longueur totale du canapé soit correctement proportionnée à la longueur des corps.

L'hôte frotte son échine contre la mienne.

S'il se couche sur le canapé, je me couche sur le tapis persan. S'il me rejoint sur le tapis persan, je bondis sur le canapé. J'ai le sentiment que l'hôte et moi sommes voués à ne jamais camper au même endroit, mais toujours là où l'autre n'est pas. Je ne sais d'ailleurs pas ce qu'il en est de ce canapé. Je ne nie pas l'avoir apporté personnellement à la maison alors que je n'ai jamais réussi à m'installer confortablement où que ce soit, mais même si je n'ai aucune intention de l'utiliser, désormais le canapé est là. Et il a beau simuler l'habitat et symboliser le foyer, dans les faits il ne sert à rien sinon à me barrer le chemin et à me saper le moral.

De surcroît, l'hôte passe sa vie dessus, comme si un canapé était fait pour ça.

Les canapés sont moches, quand bien même on a accepté qu'ils engloutissent toutes nos économies. Les canapés sont inconfortables, en particulier quand on héberge un hôte qui cherche à frotter ses jolis pieds contre les miens. Les canapés transforment des voyageurs en sédentaires, des extravertis en introvertis, des protestataires en endormis. Qui possède un canapé a décidé de s'installer, autrement dit de capituler et de mourir bientôt. Mais je ne suis pas prête à mourir. Ni pour le canapé ni pour l'hôte. Dès demain j'ordonnerai à l'hôte de s'extraire du canapé, de le porter hors de la maison et de le laisser dans la rue. Il doit se trouver maintes âmes suicidaires susceptibles de s'en réjouir.

En voyant l'hôte, je ris et je pouffe parce que ses membres sont beaucoup trop longs. Les membres de l'hôte flottent, dépourvus de toute fonction. Je ris et je pouffe et le café jaillit de mes narines quand j'aperçois la tête de l'hôte, si mince qu'elle ne peut que résulter d'un tragique accident génétique. L'hôte s'en va d'un air ridiculement triomphant, il est pourtant la plus minable créature à avoir paradé sur ce parquet.

Comme ce jour où une fille a remarqué que je grimaçais en cours – je crois bien que c'était au lycée –, qu'elle a éclaté de rire et s'est fait mettre à la porte : comment peux-tu avoir une tête aussi affreuse ?

Un jour – cela remonte à quelques années –, un jeune homme a eu le culot de me dire que j'étais bien plus jolie de face que de profil. Un autre homme – il y a plus longtemps encore – a fait l'éloge de mes jambes, avant de me rapporter qu'un ami à qui il avait montré ma photo n'avait su dire, après examen de mon image, s'il me trouvait ou non attirante. Reste que j'ai couché avec les deux.

L'hôte frotte son épaule contre la mienne, ce qui me met aussitôt en rage. Suis-je un arbre à chat ? Une pierre à sel ? L'hôte se surestime, car il voudrait me faire des câlins. Je ne peux qu'en rire, car qu'est-ce qui pourrait être plus étranger à mon esprit que de bécoter notre intrus ?

Je crois que je me suis enfin reconnue dans un tableau : on y voit un lion, sous un soleil de plomb et un ciel rouge, planter ses crocs dans le dos d'une antilope, laquelle lorgne son meurtrier avec un mélange de désir et de peur. Les témoins – deux oiseaux et un léopard – vadrouillent gaiement, disparaissant presque parmi les arbres et les fougères, selon l'idée qu'on s'en faisait au début du vingtième siècle.

Je n'ai jamais vraiment goûté le contact physique avec les gens. Un jour dans un parc – j'avais peut-être huit ans –, je ramassais des marrons quand un vieux monsieur m'a accostée, et je n'ai eu de meilleure réponse que de lâcher les marrons et de prendre mes jambes à mon cou.

Idem au cours de judo, quand par malheur j'ai fini par terre, aux prises avec le kata-gatame d'un garçon sensiblement plus grand et plus lourd que moi. Ses longs cheveux trempés de sueur ruisselaient sur mon visage, il aurait fallu que je le projette loin de moi, que je le balance pour ainsi dire par-dessus bord, mais je n'y suis pas parvenue – ma mère aurait dit que je n'y étais pas parvenue *pour l'instant* –, mais qu'importe : je suis à peine arrivée jusqu'à la ceinture orange, et peu avant de l'obtenir, j'ai dit stop, je peux aisément me passer de cet orange et de toutes les autres couleurs de l'arc-en-ciel qui vont suivre, puis j'ai retiré et plié mes habits blancs aux allures de peignoir et quitté l'entraînement.

Une puanteur que je ne parviens pas bien à identifier semble soudain me coller à la peau. C'est comme avec mes rêves nocturnes. Il n'y est plus question que de logement et de créatures fabuleuses aux allures de rats qui, après m'avoir fixée de leurs yeux anthropomorphes, s'installent sur ma poitrine et posent leurs grosses griffes noires sur ma gorge.

L'hôte et moi rejouons des contes pour enfants. Aujourd'hui, c'est *Le Loup et les Sept Chevreaux*. Ma polaire noire fait office de pelage. Je pousse la voix comme si j'avais avalé de la craie et pose ma patte claire sur l'encadrement. L'hôte, qui joue à lui seul les sept chevreaux, m'ouvre la porte et aussitôt je lui tombe dessus. Je le pourchasse sous le canapé, derrière l'armoire, dans les rideaux, je le retrouve sous le tapis, sous la couette. Je dévore six petits hôtes avec peau et poils, je plante mes dents dans la chair tendre. Seul le septième reste introuvable.

Puis l'hôte se trouve intéressant en proposant d'échanger les caractères. Il veut être une chèvre dévorante et je dois jouer un loup sans défense. Sous son T-shirt, le ventre de l'hôte gonfle tant il s'est repu de moi.

Nous pourrions fonder la pire entreprise de déménagement de tous les temps. Nous arriverions toujours en retard, toujours de mauvaise humeur. Nous cognerions les précieux pianos, les angles des meubles seraient systématiquement émoussés ou brisés, les murs des cages d'escalier griffés. Charriant des objets bien trop lourds, nous nous hurlerions dessus sans arrêt. Ou alors nous ne porterions rien : nous nous contenterions d'érafler le sol – ou de tout jeter par la fenêtre. Et dans la rue nous rassemblerions d'un coup de balai les meubles fracassés, avant de jeter éclats de verre et débris dans un transporteur.

Nous en sommes arrivés au stade où nous envisageons de vider ma maison pour ensuite combler le vide de nouveaux meubles, du design suédois des années soixante par exemple. Pour un peu nous jouons au couple qui se serait fiancé ou marié. Pour un peu nous jouons aux amants qui traînent nus sur le lit et découvrent que leurs corps sont moulés l'un dans l'autre, chacun ne sachant rien de l'autre et sachant pourtant tout de l'autre.

Dieu merci, je n'ai pas la folie de croire en l'amour.

Ma famille est composée de gens respectables, qui ont une façon semblable de se tenir à légère distance de la vie – comme si le fait même d'avoir une vie était un peu embarrassant. Le contact avec ma famille est merveilleux parce que personne n'essaie de m'approcher de manière trop intrusive. Ainsi, les membres de ma famille – frère et sœur mis à part – ne m'appellent que très rarement, de même qu'il est très rare que je prenne contact avec eux. Personne dans ma famille n'aime demander de l'aide, au contraire, chacune et chacun préfère porter les pires horreurs en solitaire, jusqu'à ce que les nuques se brisent.

Mes parents et frère et sœur souffraient périodiquement d'un mal de dos et devaient aller se faire masser. La solution la plus simple fut alors d'engager une masseuse de famille, que toutes et tous pouvaient consulter dès les premiers signes de douleur. La masseuse était familière de nos colonnes qui, incapables de rester en place et de se fixer, flageolaient en permanence. Avec un os instable, il est difficile d'assumer une charge. Je me demande ce qui fait que nos colonnes sont si remuantes. Un parent par alliance a même dû se faire remettre à coups de vis deux vertèbres cassées.

Je me souviens aussi des regards polis de mes parents quand, enfant, je leur présentais un spectacle. J'ai toujours su qu'ils n'attendaient qu'une chose, que moi – la cadette –, je grandisse pour qu'ils puissent s'en aller. Je ne peux pas leur en vouloir, car il en va très exactement de même pour moi avec l'hôte. Mes parents sont toujours partis du principe erroné que ma présence allait de soi. Toute ma vie j'ai éprouvé le plus grand plaisir à rompre avec cette évidence et ne l'ai pourtant jamais vraiment fait. Mes parents m'ont prise de court en construisant une nouvelle vie loin d'ici. Mes parents ont mis à exécution le plan qui était inscrit dans leurs yeux depuis toujours, et que moi aussi je voulais suivre, sans jamais y parvenir. Je voulais quitter mes parents, mais ce sont mes parents qui m'ont quittée. J'irais leur rendre visite si un hôte ne peuplait pas la maison. Je me suis engagée auprès de l'hôte et ne peux pas tout laisser en plan, son pelage exige d'être brossé chaque jour.

Ne la ramène pas, aurait dit ma mère. Je crois que c'est d'elle que je tiens mon amour des objets et des êtres minuscules.

Parfois je suis si étourdie, et quand nous nous écartons l'un de l'autre, l'hôte me retient par-dessus le creux du lit. Ses veines comme des torrents de montagne sur ses mains, ses yeux brun clair encerclés de cils, ses cheveux comme une auréole autour de sa tête.

J'ai autorité sur lui, certes, mais je ne sais plus comment exercer cette autorité contre lui.

Je crains parfois que la sollicitude de ses caresses ne m'écorche. J'essaie de lui donner des missions impossibles, mais il en vient à bout avec brio. Autrefois loup hurlant auquel on était tenté de passer une muselière sous peine qu'il nous déchire les tympans, il arbore aujourd'hui en permanence un sourire aimable, presque un rictus. Les vers à bois le mettent en joie, de même que les tracteurs qui passent, ou les ballons qui s'envolent. Soudainement l'hôte est d'une nature heureuse, les choses les plus insignifiantes l'occupent des heures durant, il les souligne d'un marqueur brillant – et de ses yeux non moins brillants. L'hôte rayonne de calme et de détente, jour après jour il refuse le monde qui s'effondre. Il manipule scies, haches et couteaux tranchants sans jamais se blesser. À mes oreilles, son optimisme nouvellement acquis ressemble au bruit d'une tronçonneuse. Je vois d'un mauvais œil cette intégrité morale. L'hôte est peut-être exemplaire, mais je n'ai que faire de son exemple, j'ai besoin d'un agent d'entretien pour mes biens et avoirs, enfin, pour mes biens surtout, puisqu'il est de notoriété publique que je ne possède aucun avoir.

À l'aide de son téléphone portable, l'hôte tente même d'immortaliser le crépuscule rose et le panorama.

Pendant qu'il emplit la propriété de joie, un gouffre abyssal s'ouvre en moi. Il n'a jamais été dans mon intention que l'hôte – que j'ai la magnanimité d'héberger – sorte de sa tristesse. Quand je crie *Assis !*, il fait mine de ne rien entendre. Son ancien propriétaire a manifestement omis de l'emmener au cours d'éducation canine. Si l'hôte refuse de me satisfaire avec ses doigts en pinceaux, la situation pourrait bien dégénérer.

Depuis que l'hôte est arrivé, je serre les dents si fort que non seulement elles grincent mais menacent de se briser – ainsi qu'un dentiste me l'a annoncé hier.

Depuis que l'hôte est arrivé, je suis tombée entre les griffes d'un dentiste qui fait sa publicité à l'aide de psaumes sur son site Internet et qui veut m'arracher les dents à tout-va en me réclamant des sommes exorbitantes.

Depuis que l'hôte est arrivé, je ne comprends toujours rien aux psaumes, aux églises ou aux chefs religieux.

Depuis que l'hôte est arrivé, il m'arrive d'oublier d'où je viens, qui je suis et où est ma place.

Depuis que l'hôte est arrivé, le vin reste vin.

Depuis que l'hôte est arrivé, ce vin me monte à la tête, il colore mes dents en bleu et en rouge – le dentiste est horrifié.

Depuis que l'hôte est arrivé, chaque pain aux carottes que je prépare noircit, chaque pain noir jaunit.

Depuis que l'hôte est arrivé, je me suis mise à la pâtisserie, mais je vais bientôt arrêter, car je ne suis pas et ne souhaite pas devenir une femme au foyer, même si je possède ou plutôt loue un foyer.

Depuis que l'hôte est arrivé, cette maison va très mal.

Depuis que l'hôte est arrivé, la façade s'effrite et le bien immobilier ne cesse de rapetisser.

Depuis que l'hôte est arrivé, les pièces de la maison disparaissent comme ces boucles d'oreilles que je cherche partout mais ne trouve nulle part.

Depuis que l'hôte est arrivé, toute la maison s'est ratatinée en une seule pièce minuscule.

D'ailleurs, depuis que l'hôte est arrivé, beaucoup de choses ont fondu, notamment l'argent sur le compte en banque ou la tomate que personne ne mange dans le frigo.

Depuis que l'hôte est arrivé, c'est toujours la pleine lune, une lune rouge sang, ou la nouvelle lune ou je ne sais quel autre funeste présage.

Depuis que l'hôte est arrivé, les constellations se sont décalées et j'envisage une consultation astrologique, bien que je n'aie jamais été disposée à croire aux horoscopes.

Depuis que l'hôte est arrivé, les plantes poussent sur tous les balcons excepté le mien, elles font des fruits même quand normalement elles n'en font pas.

Depuis que l'hôte est arrivé, j'arpente les rues en grommelant.

Depuis que l'hôte est arrivé, les gens dans la rue me regardent bizarrement.

Depuis que l'hôte est arrivé, je n'ai plus aucun copain ni aucun entrain.

Depuis que l'hôte est arrivé, quelqu'un n'arrête pas de jouer de la flûte à bec devant chez moi, sans qu'il n'ait jamais pris le moindre cours de flûte à bec.

Depuis que l'hôte est arrivé, j'ai moi aussi grande envie de jouer de la flûte à bec sans jamais avoir pris le moindre cours de flûte à bec, et d'aller de porte en porte.

Depuis que l'hôte est arrivé, je travaille à une chanson qui s'intitule *Il est temps de partir*, pourtant je ne sais ni chanter ni jouer d'un instrument mis à part de la flûte à bec.

Depuis que l'hôte est arrivé, je téléphone à ma mère dans le lointain et je lui fais des reproches gratuits, sur quoi elle raccroche en pleurant.

Depuis que l'hôte est arrivé, je suis mauvaise et têtue, je refuse de me lever le matin, et ma tête est si lourde que j'ai toutes les peines du monde à la soulever de l'oreiller.

Depuis que l'hôte est arrivé, je trouve toutes les têtes lourdes.

Depuis que l'hôte est arrivé, je me demande à quoi cela sert d'avoir une tête si elle est toujours tournée du mauvais côté.

Depuis que l'hôte est arrivé, je ne veux plus avoir affaire à aucune tête, et encore moins à la jolie tête de l'hôte.

Depuis que l'hôte est arrivé, je voudrais prendre cette tête entre mes mains.

Depuis que l'hôte est arrivé, j'ai perdu le goût de lire, surtout le journal.

Depuis que l'hôte est arrivé, je doute de l'état de l'État.

Depuis que l'hôte est arrivé, il ne me vient plus aucun jeu de mots rigolo.

Depuis que l'hôte est arrivé, tout le monde fait tout mieux que moi.

Depuis que l'hôte est arrivé, je me demande pourquoi il ne me laisse jamais gagner aux cartes, alors que je joue uniquement pour lui faire plaisir. Je déteste les jeux.

Depuis que l'hôte est arrivé, j'ai d'autant plus envie de partir, mais il me retient parce que sa tête est un roc et que je ne suis pas Obélix.

Depuis que l'hôte est arrivé, je deviens toujours plus bête. Je lis, mais le sens m'échappe.

Depuis que l'hôte est arrivé, l'histoire n'est plus la même, les vérités se sont décalées, une perception du monde complètement neuve serait nécessaire.

Depuis que l'hôte est arrivé, des esclaves se relèvent des fossés et y étendent de nobles messieurs à leur place.

Depuis que l'hôte est arrivé, le négatif se transforme en positif et inversement.

Depuis que l'hôte est arrivé, il faut inventer de nouvelles formes de gouvernance.

Depuis que l'hôte est arrivé, je ne pleure plus toutes les larmes de mon corps, ce sont les larmes qui me pleurent.

Depuis que l'hôte est arrivé, je ne peux plus sortir de chez moi et ne fais qu'attendre qu'il rentre.

Depuis que l'hôte est arrivé, les milans tombent du ciel.

Depuis que l'hôte est arrivé…

Depuis que l'hôte est arrivé…

Depuis que l'hôte est arrivé…

Depuis que l'hôte est arrivé…

Depuis que l'hôte est arrivé, les plaisanteries me restent en travers de la gorge et même le dentiste n'est pas fichu de les extraire avec sa pince.

Depuis que l'hôte est arrivé, je n'ai d'amour pour personne – sauf pour lui.

Depuis que l'hôte est arrivé, la maison est propre, mais je n'ai jamais prétendu mener ma vie dans la stérilité.

Depuis que l'hôte est arrivé, deux arcs-en-ciel amoureux sont suspendus au-dessus de la maison trop propre.

Depuis que l'hôte est arrivé, je vois tout flou alors qu'avant j'avais des yeux de milan.

Depuis que l'hôte est arrivé, les gens meurent autour de moi.

Depuis que l'hôte est arrivé, je me demande pourquoi personne ne s'insurge contre l'idée que nous devons mourir.

Depuis que l'hôte est arrivé, je m'enfonce dans mes pensées pour me réveiller des heures plus tard à un autre endroit.

Depuis que l'hôte est arrivé, une lumière aveuglante pénètre latéralement mes pupilles.

Les poissons sont morts, mais c'était prévisible. Les poissons flottent sur le dos à la surface de l'aquarium, mais c'était prévisible. Ils ont misérablement succombé, l'un après l'autre. Un par jour. Les poissons encore en vie levaient des yeux tristes vers les baigneurs sans vie – conscients qu'ils seraient les suivants. Je repêche délicatement les morts dans le creux de ma main, leurs nageoires minuscules brillent sous mes yeux. Je dépose leurs corps graciles sur des torchons et de la ouate, je bricole de petits mémoriaux à l'aide d'allumettes et je les enterre devant la maison à l'heure où le pâle soleil d'hiver s'enfonce dans la brume.

En moi grandit un soupçon : l'hôte a aspiré tout l'oxygène des poissons.

Tandis que je perce la couche de neige et creuse les tombes – du fait du faible volume des corps, il n'y a toutefois pas grand-chose à creuser –, l'hôte reste assis à la table de la cuisine, dont je n'ai pourtant jamais autorisé l'usage partagé, et s'efforce d'attraper des quartiers de mandarine avec ses pinceaux duveteux.

Hélas, trois fois hélas ! Je me fais de grands reproches, je me flanquerais des baffes. Je savais pourtant qu'il fallait ignorer son coup de sonnette, me terrer sous les couvertures, baisser les stores, ne surtout pas ouvrir quand l'hôte est apparu sur le paillasson avec ses sacs plastique ridicules et ses vêtements miteux, pensé-je appuyée sur ma pelle, qui est une toute petite pelle. Mon reflet de fossoyeuse me contemple depuis la fenêtre de la cuisine, il épouse la silhouette de l'hôte derrière la vitre, lequel a maintenant quatre yeux à braquer sur moi.

Plus tard j'aperçois l'hôte debout face aux tombes. Il fait mine d'être affecté par la mort des poissons. Je l'observe de plus près et découvre des écailles qui scintillent entre ses dents. Je n'ai jamais vraiment aimé ces poissons – quelqu'un qui avait un temps logé chez moi les a oubliés en partant – et je ne m'en suis jamais vraiment occupée. Depuis l'arrivée de l'hôte, il se peut que je les aie encore plus oubliés que je ne les avais déjà oubliés. Ils étaient faciles d'entretien, disait-on, aussi est-ce ce que j'avais toujours présumé.

L'hôte m'offre une petite plante, un cactus duveteux, en guise de condoléances, mais je n'arrive pas à le prendre tellement je sanglote.

Laurenz aussi préférait me mentir. Il affirmait avoir un dinosaure en cage dans sa chambre, mais chaque fois que je passais chez lui pour voir l'animal, il disait que son père était justement en train de le promener. Et je le savais bien : Laurenz n'avait pas de père.

De même, il ne m'a jamais été donné de voir les canaris que Laurenz prétendait posséder.

Laurenz était habillé par sa mère de façon ridiculement proprette, de préférence avec une cravate pour enfant.

Un jour un homme d'âge moyen avait porté la main sur lui dans les toilettes du parc. Le jardin d'enfants publia un avis pour qu'il ne nous arrive pas la même mésaventure. L'avis comprenait le témoignage exclusif de Laurenz. Il racontait que l'homme lui avait adressé la parole, avait voulu lui montrer quelque chose aux toilettes et l'avait pris par la main, sur quoi Laurenz, à l'aide d'une prise de judo, l'avait projeté dans les airs, secoué en tous sens et jeté dans une poubelle. L'éducatrice lui avait demandé s'il était bien sûr que ça s'était passé ainsi. Laurenz était affirmatif.

J'étais donc vouée à perdre le plaisir de bavarder avec lui et à me retrancher dans un mutisme qui depuis n'a jamais faibli. J'ai assimilé la parole à un acte qui, s'il est pratiqué abusivement, s'avère potentiellement dangereux et inconsistant, car il déjoue l'existant, quand il ne le transforme pas.

Je ne parviens pas à m'ôter l'idée de la tête que l'hôte se nourrit de mes chaussettes. Je l'informe que je compte prendre de nouveaux poissons et que, s'il ne les laisse pas tranquilles, il se verra muselé.

J'oublie parfois que le dehors existe, qu'il se blottit contre la maison et aimerait qu'on lui prête un peu attention. Je connais seulement le dedans, et dans ce dedans il n'y a plus que l'hôte qui, s'il était autrefois petit et maniable, a aujourd'hui des extrémités si longues qu'elles remplissent les dix chambres de ma maison. Il a grandi si vite qu'il est obligé depuis longtemps de rentrer la tête pour passer la porte, et je n'arrête pas de trébucher sur ses membres.

L'air me manque quand je pense à mes tentatives de consigner par écrit ses mœurs frustes, à sa façon alors de s'asseoir derrière moi avec un livre – de toute évidence un faux – et de loucher sur ma feuille sitôt que je me mets à écrire. Je cache immédiatement le document avec mes mains, mes avant-bras et mes coudes, oui, je m'étends complètement sur la table – jusqu'à ne plus être reliée au sol que par la pointe des pieds – avec l'espoir que mes épaules de nageuse masquent le contenu hautement confidentiel. Et pourtant je sais qu'à force de loucheries, usant aussi de sa grande taille, il s'y est déjà ménagé un accès, il a tout vu, tout lu et tout démêlé. Le règlement, l'hiver, les cheveux filasse et surtout le corps de l'hôte s'allongent, mais cela fait belle lurette que la logique derrière tout ça m'échappe.

Enfant déjà, je tenais au grenier une agence de détective bien équipée et enquêtais sur des affaires du type : qui a déboulonné mon monocycle ? Dans ce dossier de choix, le soupçon s'est rapidement porté sur la mère de Laurenz, les empreintes dans l'herbe correspondant à peu près à sa pointure, entre autres indices. Hélas je n'ai pas réussi à établir la preuve définitive de sa culpabilité, mais de toute façon les monocycles et autres histoires de détective ont très vite cessé de m'intéresser. J'ai même été contrainte d'écourter mon séjour au camp de détectives à Meiringen, la faute au mal du pays, au grand dam de mes parents qui ont dû venir me chercher.

Voilà maintenant qu'un rire résonne au loin, mais je ne saurais dire d'où il vient. J'ai l'impression persistante que les choses ne se trouvent pas là où elles devraient être. Je ne suis pas une bonne détective. Et aujourd'hui je ne me sens pas très bien. Quand je me risque enfin à regarder par la fenêtre, une lumière laiteuse s'est posée sur le décor. Le ciel apparaît voilé, seul un mince rayon de soleil point au fin fond d'une vallée de l'autre côté du lac. La montagne est parfois si belle qu'elle en est insupportable. La brume à ses pieds, le crépuscule, le soleil rougeoyant.

Mon souhait n'a jamais été d'avoir une si belle vue. Je n'ai jamais désiré que tant de beauté fasse entrer mon cœur en ébullition et que le sang et la chaleur se répandent dans mon corps. J'ai toujours voulu être une pierre, comme la montagne.

J'écris une dernière lettre, plus exactement un dernier mot de condoléances à une femme dont le mari, hélas encore jeune, vient de décéder, et je me plais à imaginer qu'il s'agirait là de mon ultime signe de vie.

Mais que fabrique au juste cet individu avec lunettes de soleil devant ma maison ?

Il arrive qu'à l'aide de jumelles je contemple la peinture sur peau monochrome, les tatouages et la toison. Je m'imagine parfois que les dessins se détachent de son torse et grimpent sur le mien. Puis je glisse vers son visage avec mes jumelles.

Si l'hôte devait être emporté comme la pluie emporte la saleté des rues, je suivrais du regard sa silhouette bercée par les flots. Peut-être lui ferais-je un signe, peut-être exulterais-je, quand bien même j'ai perdu l'habitude d'exulter et ne souhaite pas la reprendre par la faute de l'hôte.

Avant que l'hôte nu n'ait le temps de fermer la porte, je retourne les jumelles et je vois sa silhouette lointaine s'en aller. En retournant les jumelles, on en vient rapidement à considérer l'ensemble d'une propriété, le vaste territoire en notre possession. Les jumelles à l'endroit, on se contente de regarder quelques ridicules fragments d'un tout autrement plus grand, alors que les jumelles à l'envers, on peut jouer à la grande propriétaire terrienne. Je promène mon regard sur mon domaine, sur le train miniature, sur la minuscule montagne qui s'est rétrécie comme un souvenir, sur le bar La Tourelle. Il est si facile de posséder ce qui est petit, pensé-je en reposant les jumelles.

Peut-être devrais-je me procurer des enfants.

Quand l'hôte s'absente, je m'enfonce dans les heures. Son lit est vide, les trompes d'aspirateur désemparées tressaillent. Je n'ai jamais songé à installer une caméra dans son cagibi, mais je pourrais bien changer d'avis. Il y a un lave-vaisselle à vider, une couette à secouer, et il doit continuer à me faire la lecture.

Je finis, grâce à mes jumelles, par le trouver à La Tourelle. On le reconnaît sans peine, il tient entre ses pinceaux un verre de bière qu'il boit à petites gorgées. Son visage rayonne tandis que les gens font cercle autour de lui. Me revient en mémoire ce fameux prédicateur de secte, mon arrière-grand-père, qui aurait improvisé ses sermons avec talent et joui d'une grande popularité. La tapisserie dorée sur le mur s'écaille au contact de l'hôte. Alors que d'ordinaire chacun s'installe à un point différent sur la circonférence du comptoir et rumine dans son coin, tous s'entassent en grappe humaine du côté de l'hôte. Celui-ci gesticule en tous sens, il semble tellement dans son élément qu'il montre ses dents pointues. Même le serveur esquisse un demi-sourire.

J'appuie mon dos contre l'accoudoir du canapé, je m'imagine que c'est la paroi d'un sarcophage dans lequel je suis enfermée, mais cette enveloppe me convient. Au fond, je reste incapable de maîtriser cette maison, ses innombrables chambres et son jardin. Mon corps a beau traverser les pièces chaque jour, il ne les remplit pas. Quelle ne serait pas la déception de mes parents s'ils savaient à quel point je sous-occupe leur maison. Il faut tout faire pour que l'hôte et les cartons qui traînent ne quittent jamais ce vide.

Le jour point déjà, des oiseaux jacassent sans scrupules dans le jardin, la montagne est cerclée de jaune parce que le soleil ne demande qu'à surgir de son dos pour faire éclater la nuit noire.

J'ai dû m'endormir sur le canapé que j'avais poussé contre la fenêtre pour avoir une meilleure vue sur l'hôte. Une des lentilles de mes jumelles s'est brisée parce que je me suis assoupie brusquement. Quand je les reprends pour regarder La Tourelle, il n'y a plus personne et une fissure barre mon champ de vision.

À supposer qu'on me demande si je préfère opprimer ou être opprimée, j'opterai toujours pour la première solution. Je veux dominer, mais je suis condamnée à disparaître. Mon royaume est assiégé. Ni les douves ni l'armée composée d'un millier d'hommes ne parviennent à mettre l'ennemi à genoux. Sa résistance est phénoménale. Même quand une pluie de flèches et un rire infernal s'abattent sur lui, l'hôte sur le canapé reste serein et me demande poliment si je veux bien changer de chaîne, il ne supporte pas les films de guerre. Je lui rétorque que c'est un film de chevalerie et, chiffonnée, je passe à une émission dans laquelle des gens errent en pays inconnu.

Il existe des lieux aux noms particulièrement cocasses et que je pourrais visiter. Je m'imagine les relier sur une carte et me promener le long de ces lignes pour le restant de ma vie. Ou bien je pourrais lancer un pion de jeu sur la carte et visiter le lieu de l'impact. Mais j'ai beau feuilleter des atlas tous les jours ou presque, la vue aérienne dépasse mon entendement. Je suis incapable de mémoriser les contours d'un pays, ce ne sont que des lignes qui forment de pitoyables miniatures dont je doute de la pertinence. Selon moi, la vue qu'on dit « d'ensemble » ne permet pas d'appréhender l'essentiel. La vue à vol d'oiseau, qui n'est jamais vraiment la nôtre puisque nous avons besoin d'une aide mécanique pour voler, est un mélange de rêverie romantique et d'acquis scientifiques, elle n'appartient qu'aux oiseaux.

Est-ce la police qui sillonne les rues avec le gyrophare de sa voiture qui éclaire tout ? m'interrompt l'hôte. Des bruits bizarres éclatent dans la nuit. L'hôte souffre d'un délire de persécution croissant.

Si mon bras droit est couvert de grains de beauté, le gauche est immaculé. L'hôte a l'habitude de les relier avec un stylo, puis fait mine d'avoir résolu le secret de l'univers. Et dernièrement, quand je me suis épilé les jambes, mes poils ont repoussé à toute vitesse et ils sont plus longs que jamais. Cela ne me gêne pas, je ne leur veux aucun mal.

Il y a des gens à la porte, ils franchissent le seuil avec des litres d'alcool, défilent dans la cave, fument dans le jardin et à l'étage. Ils inaugurent partout des pistes de danse, se couchent sur mon lit, bondissent de tous les côtés, réclament mon attention et essayent de m'embrasser, avant de se jeter par terre, comme morts. Les prétendus amis de l'hôte se propagent dans la maison comme des fumigènes.

Un ex-couple se cramponne l'un à l'autre, visage contre visage, sur la piste de danse. Une fille qui s'est présentée à moi comme étant Carla danse autour de l'hôte en blouson rouge, elle glousse à son cou.

Je danse dans un très petit rayon, à première vue ma façon de danser n'est guère perceptible, on pourrait tout aussi bien dire que je suis plantée là. Je bois du gin à la bouteille et chaque gorgée me rend plus lourde, plus sobre, et je m'imagine que je pourrais frapper quelqu'un. Les gens affluent de l'étroit escalier et sont toujours plus nombreux à entrer dans la danse. Le crépi se détache des murs, ma brassière en soie brille dans la lumière de la lune et de la boule disco.

Je monte et, par une fenêtre, grimpe sur le toit. Les sommets des montagnes brillent aussi tels de petits veaux éclairés par la lune. Le risque de chute existe. En bas je vois l'hôte et Carla assis sur les pierres blanchies du parterre de plantes ornementales.

Le nom de l'hôte me parvient en continu par les fenêtres ouvertes, comme si tous les sons se combinaient pour ne former plus que celui-là.

Je pourrais être partout à ma place, mais ne le suis nulle part. Je pourrais être la personnalité préférée de la ville, mais j'ai choisi de m'isoler. Les amis de l'hôte ne sont pas de vrais amis, ces gens souhaitent avant tout que son exotisme déteigne sur eux. À mon avis, Carla est du genre à décorer les salles de fête de ballons dorés, elle est ce drôle d'oiseau qui papillonne d'une personne à l'autre et lance des clins d'œil et des baisers au vent. Quand Carla entre dans la vie des gens, elle ne fait que les effleurer du bout des ailes, alors que moi je tombe littéralement dans leur vie et peine ensuite à me relever – ou seraient-ce les gens qui tombent dans ma vie ?

Je pense à tous ceux qui un jour ont été mes amis et que j'ai perdus de vue. Il y avait ceux d'un été qui, pareils aux chats de ce jardin que je contemple d'en haut, pâlissent l'automne venu. D'autres se sont égarés dans le mariage ou autres structures analogues et se sont transformés en canapés. D'autres encore ont terni à l'arrivée de l'hôte. La plupart, je me contente de ne pas les rappeler. Je n'écoute plus leurs messages et renvoie leurs lettres comme si je n'habitais plus ici. Les amis se font rares, à l'instar des cheveux filasse de l'hôte dans lesquels Carla passe maintenant ses doigts. Au moins c'est l'hiver, le froid va faire des doigts et des cheveux d'immondes statues dont aucun musée ne voudra. Je serai la seule à avoir pitié, je hisserai cet immonde trésor culturel à côté de mes lions et passerai le restant de mes jours à jouir du calme de mon domaine.

Les doigts de Carla secouent mon échine et je suis obligée de rouvrir les paupières. Je me lève – c'est ce qu'on attend de moi –, dégringole du toit comme une pierre et atterris au milieu d'une chaleureuse assemblée qui a pris ses aises à une table. Carla a perdu sa place – à croire que nous jouons aux chaises musicales – et fait soudain face à une sorte de mini-amphithéâtre, les regards expectatifs braqués sur elle. Elle s'empresse de dire qu'elle ne sait pas pourquoi elle parle de ça maintenant, mais qu'un jour elle a eu des voisins qui étaient convaincus que leur appartement était maudit, et qui avaient décidé de faire appel à un exorciste. Sitôt dit, sitôt fait, celui-ci avait débarqué dès le lendemain dans sa voiture d'exorciste, exhibant ses diplômes pour preuve de son professionnalisme.

Cela avait été une étrange apparition : l'exorciste portait un long manteau de cuir et des chaussures en cuir de lézard, il avait de longs cheveux noirs et avait vraisemblablement cerclé ses yeux de mascara. De ce que Carla avait pu constater par le judas, l'exorciste avait aussitôt prescrit une fumigation des lieux et, pendant des semaines, de la fumée s'était échappée des fentes de la porte voisine. Carla dit avoir été prise d'inquiétude quand elle apprit de ses voisins que l'exorciste réclamait des sommes colossales pour les fumigations, qu'ils avaient été obligés de vider leurs caisses de pension, mais que c'était là leur seule issue, considérant que le présent était bien trop insupportable pour songer à un quelconque futur. Les voisins avaient donc vécu parmi l'encens et les incantations que l'exorciste faisait retentir dans les pièces. L'exorciste s'était montré très aimable et gentil, surtout lorsqu'il s'était aperçu que lesdits voisins étaient réceptifs à ses méthodes, et il leur avait donc recommandé diverses thérapies nouvelles, et notamment la thérapie de l'aspirateur à main. À partir de ce jour, Carla dit avoir pu observer ses voisins, munis d'aspirateurs à main, s'asseoir l'un en face de l'autre sur le canapé saumon et se passer mutuellement l'aspirateur sur les habits, la peau et le coin des lèvres. Cela était joli à voir mais, selon Carla, les aspirateurs à main avaient beau être de taille modeste, ils faisaient un boucan d'enfer, et elle qui habitait la porte d'à côté s'en était trouvée incommodée. Elle se réveillait sans cesse en sursaut, avec l'impression de ne pas être entre ses quatre murs. Le bruit était une torture et elle s'était mis en tête de déménager, mais les voisins et leur exorciste exerçaient sur elle une telle fascination qu'il ne lui était quasiment plus possible de quitter l'appartement. Elle s'étonnait que la thérapie de l'aspirateur à main semblât s'avérer efficace. Le traitement avait eu pour effet que plus rien ne concernait les principaux concernés, ils étaient moins soucieux que par le passé. Le traitement avait fait des voisins des gens détachés. Ce qui naguère les exaspérait était désormais aspiré. Ce qui naguère les réunissait partait en poussière. On ne pouvait nier la réussite du traitement dans quatre-vingt-dix-neuf pour cent des cas, ainsi que l'exorciste le clamait sur sa voiture, dit Carla, dont le ton change étrangement. Tous – elle comprise – s'étaient réjouis du résultat, et peu importait que l'immeuble ne soit plus qu'un seul nuage de fumée. On trébuchait certes tout le temps sur tout, mais le moral était au beau fixe. Les voisins signaient un chèque après l'autre, mais ils gardaient le moral. L'exorciste avait ouvert les sols et les murs de l'appartement. Le parquet, les tapisseries et la cuisine avaient été complètement démontés. Stoïques, les voisins étaient restés, résidant au milieu de carrelages défoncés et de murs effondrés. Tous – y compris Carla – tenaient l'exorciste en haute estime. Il avait une personnalité ronde et complète, une aura de couleur uniforme. Il ne s'était jamais montré de mauvaise humeur et arrivait toujours cheveux au vent. Il avait l'habitude de séparer les gens en bons et en méchants, et il s'en tirait très bien ainsi, quand d'autres se cassaient les dents, allant de psychologue en psychologue, d'écueil en écueil, d'un mauvais amant à un amant plus mauvais encore, pour se voir finalement contraints d'ingurgiter des drogues. L'exorciste, raconte Carla, avait une drôle d'épouse dont le métier consistait à fabriquer des muselières. L'été, quand l'exorciste rangeait son manteau de cuir et paradait en maillot de bain à la piscine, on apercevait des traces de morsure sur ses bras. Il les exhibait telles des cicatrices de combats dont il serait sorti vainqueur. Son épouse avait des chicots et occupait un cabinet un peu miteux mais sympathique. Ils y avaient entassé d'innombrables aquariums, des bancs de poissons entiers vous fixaient en silence, poursuit Carla dont le regard est maintenant rivé sur la table. Et un jour l'exorciste n'avait plus été joignable. Les voisins s'étaient inquiétés, dit Carla qui elle aussi avait été surprise par cette disparition. On avait d'abord eu le cœur brisé, mais sans jamais perdre espoir. On avait songé à publier un avis de recherche. Les voisins étaient restés dans leur logis délabré quelque temps encore, avant de déménager dans un autre quartier. Carla, pour sa part, n'avait pas quitté l'immeuble. Et au bout d'une poignée de semaines, un nouveau locataire avait repris l'appartement détruit. Un certain W. avait emménagé, il semblait célibataire et plutôt solitaire, si bien qu'on ne le croisait pour ainsi dire jamais. Mais elle, Carla, avait quand même guigné la nuit par le judas et en dépit de l'obscurité, de la veste en jean et des cheveux courts et blonds, il avait fallu se rendre à l'évidence : le nouveau locataire n'était autre que l'ancien exorciste. Sur ces entrefaites, Carla interrompt son histoire et ne la reprend plus de la soirée.

La fumée a des propriétés fascinantes.

L'hôte l'utilise comme un gaz hilarant, elle provoque chez lui des hurlements de rire. Il ne cesse de trébucher mais garde le moral. Il répand en ricanant des nuages de fumée, en fait des sculptures temporaires, mais sa joie ne le quitte pas. Cette soudaine joie me rend folle.

Alors que dans la fumée j'oublie presque de respirer, l'hôte s'y épanouit complètement. À tel point qu'il fredonne une chansonnette que seul son prochain éclat de rire vient interrompre. Et quand je veux mêler ma voix à la sienne, je suis prise d'une quinte de toux. Les larmes coulent sur mon visage, mais la toux ne veut pas s'arrêter.

Si l'on réduit le temps entre deux bouffées d'une cigarette partagée, les bouches se rapprochent inévitablement sur l'axe des y.

Plus tard je m'efforce de calmer deux hommes qui se battent, et je suis impassible parce que la vue d'un poing au visage ne m'ébranle pas plus que ça. Je reste de pierre, comme mes lions. Un type pousse l'autre contre le mur et, l'air agressif, brandit une barre de fer qui est en réalité la béquille arrachée à un vélo. Pour un peu je chantonnerais tout près d'eux. Puis le type menaçant finit par se faire repousser et il jette la béquille dans la neige.

Quand la police débarque, nombre d'hôtes – dont le mien – se sont déjà sauvés. Les agents disent que nous faisons trop de bruit, qu'ils vont embarquer la chaîne stéréo, mais comme elle leur paraît lourde, ils fermeront les yeux pour cette fois, après tout je me montre coopérative. Vous habitez seule ici ? demande le plus âgé. À qui je réplique : vous cherchez quelqu'un ?

Je m'imagine devoir aider à élucider un crime. Les policiers me conduiraient derrière un miroir sans tain comme on n'en voit que dans les films. On amène les suspects potentiels dans la pièce. Ils doivent se mettre en rang et tiennent effectivement un numéro entre leurs mains. Mon regard se promène sur les visages, dans un sens puis dans l'autre. Une policière se penche vers moi pour me dire que je ne dois désigner un suspect qu'à condition d'être absolument sûre de mon fait, sinon, il vaut mieux se taire. Je suis sûre de mon fait. Je le reconnais à ses dents brunes, à ses yeux de taupe. La policière me regarde d'un air interrogateur, mais je secoue la tête et hausse les épaules, et on me fait ressortir.

À un moment donné – les policiers sont repartis depuis longtemps –, l'hôte est derrière moi et il pose sa main sur mon épaule. Je me retourne, ses yeux forment deux fentes parce qu'il a oublié de chausser ses lunettes, et je lui arrache son verre des mains, faisant valoir que ce verre est encore à moi, tout comme le sont mes épaules, mes sandales Birkenstock, ma collection d'aspirateurs, ma sirène anti-chats, ma maison, mes serviettes-éponges et, par-dessus tout, mon blouson rouge. Je n'en finis plus de désigner mes nombreuses possessions et n'ai pas assez de doigts et encore moins d'index à pointer sur celles-ci. L'hôte rentre la tête dans les épaules, comme si je voulais en venir aux mains. Mais au fond, à qui appartient l'hôte ?

Je décide d'étiqueter dorénavant mes biens un à un et en gros caractères.

Des rires retentissent depuis le toit, la bouteille tourne une dernière fois sur le sol de la chambre voisine, on fume une ultime cigarette sur le balcon. Quelqu'un dort sur le canapé, sous la couverture écossaise que mon frère m'avait offerte pour mon anniversaire.

J'arbore une natte tressée par l'hôte et qui repose lourdement sur l'oreiller. L'hôte chuchote mon prénom à travers la porte. Je l'entends qui se tient devant la chambre et se demande s'il doit entrer pour se coucher à mes côtés. Finalement il s'éloigne en faisant grincer le parquet, descend les escaliers et se dépêche dans le petit matin. Je rêve de Sibérie, de vastes halles d'exposition, de lofts et d'œuvres d'art aux murs. Je rêve de draps familiers et étrangers, de la mort. Quand je me réveille, une chanson retentit dans la maison. Elle a pour titre *No Surprises*.

Quelle n'est pas sa joie, m'écrit le responsable du tourisme de la petite ville, face au nombre de personnes qui souhaitent séjourner ici – pour autant il n'est pas surpris, la ville a tant à offrir. La montagne, par exemple, qui suivant la lumière a des allures de pyramide. Et mon hôte aussi se révèle être un inconditionnel de la région, ce qui le rend heureux, lui, le responsable du tourisme, et ce qui doit être mis au crédit de sa personne et de sa campagne. Reste que, par cette lettre, il souhaite m'informer que je ne semble pas comprendre ce qui fait la nature d'un hôte, à savoir son éphémérité. Et des fois que je ne connaîtrais pas ce concept, il se permet de l'expliciter ici à l'aide d'une comparaison opportune. Il faut se représenter l'hôte telle une averse : on s'abrite et on attend qu'elle passe. Malheureusement, ayant le désagréable sentiment que nous, tant moi que l'hôte, avons transformé l'averse en saison des pluies, pour ne pas dire en grêle sans fin, le responsable du tourisme se voit appelé à me délivrer – outre une médaille dorée pour ma lutte contre les acariens – une amende dont je suis tenue de m'acquitter dans les plus brefs délais, et il faut par ailleurs que l'hôte chausse ses Birkenstock – ou peu importe à qui elles appartiennent – et fiche le camp sans traîner.

Je mets la lettre de côté. Je suis encore au lit et revois mentalement mon ancien professeur de physique qui, lors d'une expérience, avait agité la main de douleur après s'être tailladé avec une pince. Une fois sa main enveloppée dans le chiffon destiné au nettoyage du tableau, lequel avait été imbibé de sang en quelques secondes, il avait poursuivi le cours comme si de rien n'était. Manchot et le visage blanc comme linge, il écrivait ses formules au tableau tandis que des gouttes tombaient en rythme de sa main déchiquetée. La scène avait semblé durer des heures, jusqu'à ce que la sonnerie retentisse et renvoie notre professeur de physique à la salle des maîtres, où un enseignant avait aussitôt appelé une ambulance.

Je m'étais toujours imaginé la vie autrement.

L'hôte en slip se décide à son tour à m'expliquer la non-congruence des choses, il se lance dans un play-back aussi interminable que mauvais auquel je ne parviens à mettre fin qu'en signalant au gesticulateur qu'on va bientôt croire qu'il y a un ballon de baudruche chargé d'électricité au-dessus de ses cheveux.

Supposons que l'hôte soit réellement un insecte et qu'il n'en ait pas seulement l'apparence. Supposons que l'hôte ne soit plus disposé à partir. Supposons que l'hôte ait une faim insatiable. Supposons que l'hôte nous ait envahie sur ordre du gouvernement. Supposons que l'hôte ait installé des micros dans notre maison. Supposons que l'hôte soit un micro ambulant. Supposons que l'hôte soit en fait un autre. Supposons que l'hôte comprenne secrètement notre langue. Supposons que l'hôte ait l'intention de nous empoisonner. Supposons que l'odeur de l'hôte ne disparaisse jamais de nos textiles, de nos murs.

Nous allumons des fumigènes à n'en plus finir, mais la vermine se refuse à fuir.

Les crises arrivent par vagues. De même, les tremblements de terre arrivent par vagues et laissent derrière eux un monde en lambeaux : comme si ces maisons n'avaient pas été conçues pour être habitées, ces ponts pour être empruntés. Les crises dues à la présence de l'hôte me submergent, froidement, irrémédiablement. Un instant plus tôt, j'étais plongée dans le quotidien, je comptais les rayures de mon pull-over, lissais la couverture, regardais les filaments de poussière pendiller du plafond, me versais du thé dans un verre. Et soudain : les rayures s'enchevêtrent comme des baguettes de mikado, la couverture se dresse d'un air menaçant, les filaments de poussière tremblotent et le thé reste figé dans l'air telle une sculpture de verre qui l'instant suivant s'écrase sur le sol.

Autrefois c'était une maison, aujourd'hui c'est un taudis. Le jardin est une zone sinistrée. Le romarin est aplati, les plates-bandes semées de gravier, le tout jonché de canettes de bière, d'assiettes en carton, de gobelets en plastique et de neige fondue, fractionné comme après un tremblement de terre, et on épie depuis l'abri et on se dit qu'on n'a jamais aimé les fractions.

J'ai même la tête si plate qu'on ne peut s'empêcher de penser qu'une tranche en a été sectionnée.

L'hôte fait de mes amis des connaissances, de mes connaissances des zombies enterrés autour de ma maison ou assis au comptoir de La Tourelle, où ils attendent ma venue pour enchaîner les bières qui ressortent en giclant de leurs corps en décomposition, ce qui ne les empêche pas de rigoler. Ils s'ébrouent bruyamment, puis sniffent encore quelques drogues récréatives qui finissent par se disperser dans les flaques de bière et former un mélange au motif marbré. Qui pour lécher ça maintenant, qui pour l'essuyer ? Le serveur diabolique ne se départit pas de son ricanement.

L'hôte dit : il faut que tu quittes cette maison parce que cette maison était celle de tes parents, cette maison appartient à ton frère et ta sœur, elle n'est pas à toi et cela fait bien trop longtemps que tu y vis. Pour accéder à l'âge adulte, il faut que tu déménages, que tu libères les âmes des chats, que tu te prennes un appartement, peut-être même que tu quittes cette petite ville où on cherche à te tuer.

L'hôte a souvent l'air aveugle, pourtant il a tout vu. Mais n'était-ce pas là mon rôle ? N'est-ce pas moi cette personne qui voit tout mais fait mine d'être aveugle ?

Je traverse le jardin à pas lourds et donne des coups de pied dans les blocs de neige. Il tombe une poudre blanche, la montagne n'est même plus à portée de vue. Je m'imagine que la Terre tourne et que, mis à part moi, ils tournent tous avec elle. Les gens semblent si facilement accepter leur transformation, leur déchéance, leur disparition, tandis que moi, à force de m'opposer tel un sabot de frein, j'entaille le paysage. Et maintenant des empreintes de chat dans la neige.

Alors que je gravis les quelques marches entre mes deux lions de garde – leur donnant une petite tape au passage –, je vois luire la tête de l'hôte derrière la vitre, il traîne à table en compagnie de deux ou trois autres silhouettes. On dirait qu'il fait une pause-thé avec des personnes qui me ressemblent étrangement. Je bondis en arrière dans le jardin tel un chat apeuré – pour un peu je me mets à feuler –, et je file à travers rues et jardins jusqu'à La

Tourelle, où le serveur, qui me demande pourquoi je suis si haletante, obtient un grognement pour toute réponse.

Je me sens comme l'oncle Walter ce jour où, dans mon enfance, il s'était laissé convaincre de venir chez nous. Sa chienne de berger l'avait traîné dans la maison, où il était tombé sur un tas de gens et s'était pétrifié dans le couloir, avant de tourner les talons sans piper mot et de se faire traîner en sens inverse par son mastodonte canin.

Les laisses transforment les propriétaires de chien en bossus – ou serait-ce plutôt la morphologie du bossu qui le prédispose à prendre un chien ?

Ô mon hôte, pourquoi ouvres-tu nos portes à la première chèvre venue ? Ne vois-tu pas qu'elle a des griffes de loup ? Ô mon hôte, ne comprends-tu pas que les portes sont là pour être fermées, pour être verrouillées, qu'elles servent à mener une existence claquemurée, une vie détachée ? Qu'ensemble nous sombrerons si tu fais dans la tourelle des brèches par lesquelles ils entrent à pas de loup ? Ô mon hôte, ne te suffis-je donc pas, avec ma maison pour enveloppe sur cette terre ? Es-tu vraiment obligé de convoquer la Mort, la fin de toutes choses, en couchant l'ennemi sur notre canapé et en le nourrissant de gâteaux ?

J'ai enfin réussi à fixer un gros cadenas sur la porte d'entrée. Je n'ai hérité d'aucune aptitude manuelle, ni du côté maternel ni du côté paternel, mais l'hôte l'a vissé en suivant mes instructions et sans trop broncher. Non pas que je sois une anxieuse, non, mais je préfère bannir pour l'instant les nouvelles visites, considérant aussi que la sirène anti-chats ne semble pas dissuader grand monde de pénétrer dans le jardin. De plus, je fais remarquer à l'hôte qu'il peut vaquer à ses tâches domestiques d'autant plus librement que le bâtiment est correctement verrouillé. Et il a tout le loisir de rencontrer ses amis et soupirantes ailleurs – si cela est vraiment nécessaire.

Et si d'aventure quelqu'un sonne malgré tout, il est contre-indiqué d'ouvrir. Et des fois que l'hôte se précipiterait vers la porte pour ouvrir, il convient de l'arrêter dans les plus brefs délais en se jetant en travers de son chemin. Et une fois à l'horizontale, il y a toujours la possibilité de relever le pull de telle manière que l'hôte oublie sur-le-champ son idée initiale.

Les téléphones aussi, il faudrait les cacher, pour le bien de l'hôte.

Les trompes d'aspirateur ont intérêt à arrêter de tout répéter en chantant.

Je rêve, mais oublie aussitôt de quoi, allongée sur le moelleux canapé qu'il convient parfois de caresser à rebrousse-poil. C'est qu'il m'entraîne toujours là où il est le plus chaud, là où on peut se lover en position fœtale et se figurer qu'on a quelque chose qui ressemble à une vie. L'hôte transfère mon épicentre à l'intérieur du foyer, et cela me fait froid dans le dos. J'ai toujours voulu éviter d'habiter, mais j'habite aujourd'hui en bonne et due forme.

Les lampes ont commencé à clignoter, la soudure des fils tremble de plus en plus.

Des gens habitent quelque part et paient un loyer, puis ils sous-louent le bien à quelqu'un qui, à son tour, le sous-loue et ainsi de suite. C'est un enchaînement de contrats de sous-location qui renvoient chacun au contrat précédent, suggérant que le but ultime est de posséder un bien. Les sous-sous-locataires des sous-locataires sont assis sur des meubles de deuxième ou troisième main, voire d'une chaîne de mains qu'il n'est plus possible de remonter.

Mais en fin de compte les maisons sont le plus souvent vides, parce que leurs habitants sont partis depuis longtemps, laissant derrière eux la trace d'un appartement sous-sous-loué.

Certains collectionnent les chambres quand d'autres n'en ont aucune, comme s'il n'était pas possible de se les répartir un minimum.

D'où l'urgence qu'un corps étranger demeure dans ces chambres plutôt qu'il ne traîne je ne sais où dehors.

À l'origine, je comptais me débarrasser de ma collection de trompes d'aspirateur. Le temps était venu de m'en séparer, pensais-je. Finalement, elles traînent toujours dans le chemin, envahissent l'espace de l'hôte et reniflent avidement ses affaires. Mais je ne pouvais pas prévoir que l'hôte les dompterait en un tour de main. Ils me présentent parfois les numéros qu'ils ont répétés ensemble. À la façon de nageuses synchronisées, les trompes se dressent, s'abaissent et se trémoussent, trompettent leurs gammes dans un sens et dans l'autre. Au milieu du spectacle, la tristesse soudain m'accable. Je ne suis plus en mesure de me lever du canapé, applaudir me demande un effort énorme. Ovationner, n'y pensons même pas, et de toute façon je n'en ai pas l'intention. Les trompes d'aspirateur saluent poliment. Dehors, les rayons du soleil tombent sans prévenir sur les arbres dont les corps nus s'étirent légèrement, c'est tout juste s'ils ne se blottissent pas dans la lumière. La pointe de la montagne a transpercé un unique nuage de pluie dont le contenu se déverse sur elle. Des torrents dévalent la pente, ils entraînent branches et menus rochers qui forment un petit dépôt à son pied.

M'aurait-on demandé quelque chose ? Les trompes d'aspirateur me reniflent doucement la main, elles quémandent une friandise, mais je n'arrive plus à me lever, et ce à tout jamais peut-être.

Le problème de mon livre saint est qu'il est toujours dépassé. À peine ai-je fini d'y inscrire les règles de la maison que l'hôte en a déjà enfreint de nouvelles. La nécessité de remanier perpétuellement le règlement intérieur m'épuise, car dans l'intervalle l'hôte peut aisément se soustraire à mon attention. Alors que c'est mon regard qui surveille l'hôte, voire le constitue, l'hôte prend soudain ses aises et évolue dans un cadre flottant. Il est habité par sa propre disparition. Il est synchronie, il arrive et part en même temps. Comment donc le modeler s'il est toujours en mouvement ? Comment le retenir si par essence il se répand ? Je ne sais pas, aurais-je besoin d'un meilleur matériel, de lunettes plus précises, de jumelles plus puissantes pour tenir l'hôte en échec ?

Même si je ne l'autorise guère à sortir, sa silhouette spectrale s'étend comme une couverture sur la ville. Tout un chacun semble avoir connaissance de mon hôte, on passe comme par hasard devant ma maison avec l'espoir de l'apercevoir en petite tenue couché sur la terrasse ensoleillée. Chacun estime avoir son mot à dire sur l'éducation de ce corps étranger qui m'appartient, qu'on se le tienne pour dit. C'est moi qui l'ai repéré la première sur le quai de la gare. L'hôte et moi nous sommes choisis du regard, scellant durablement notre progression conjointe.

Le temps altère les arrivées, il les fait apparaître sous un jour nouveau. L'histoire de son arrivée altère l'histoire de mon possible départ.

La petite ville où nous cohabitons – ou devrais-je plutôt dire où je cherche à le cacher ? – est un lieu étiré dans la longueur et livré à l'abandon. J'ai franchi aujourd'hui le seuil d'un restaurant où je n'avais encore jamais mis les pieds : les têtes se sont retournées les unes après les autres et les regards m'ont poursuivie jusqu'à la table où j'ai prudemment pris place, adressant à la ronde un sourire mauvais. Il n'a pas fallu longtemps pour qu'on me prie de décliner mon nom, mon âge et mes origines, de montrer patte blanche ou de décamper – à jamais. Méditant l'affaire face à une bière, les regards toujours braqués en ma direction, j'ai fini par sombrer en moi-même.

Bien que la parole politique m'ait toujours répugnée, j'ai alors eu cette inspiration romantique que l'essence de l'intégration consiste à ce qu'elle ait lieu sans qu'on ne remarque rien, à la manière du peloton cycliste qui reprend les échappés un à un, les avale comme s'ils n'avaient jamais été détachés – et j'ai glissé le saucisson fumé, déposé devant moi par le serveur plein d'espoir, dans mon gosier, en compagnie de quelques olives noires.

Je cherche le mal dehors, mais ne le trouve qu'en moi-même. Mes yeux sont cernés de boursouflures dont ils émergent comme de petites billes. L'eau est chlorée, calcaire, elle obstrue peu à peu mes vaisseaux. Et la chaise sur laquelle je suis assise est bringuebalante, de sorte que je risque sans cesse de glisser par terre.

La ville n'a pas la même odeur que d'habitude, comme si elle se trouvait soudain à proximité d'une étendue d'eau où des mouettes criardes dépouillent les poissons de leurs intestins. Il m'arrive de ne plus savoir ce que je dois dire aux oiseaux. En général, j'essaie de les ignorer pour ne pas les jalouser.

La vie consiste à s'accorder avec ce que l'on connaît. Je me demande pourquoi les gens n'ont pas honte de reproduire sans cesse la même chose, partout ces mêmes sacs à dos scandinaves, à croire qu'il n'existe pas d'autre moyen de ranger ses affaires. Le jour où mon règlement sera terminé, non seulement l'hôte sera dompté, mais j'aurai rédigé un écrit authentique qui sera utile à d'autres.

Je feuillette un livre sur les parasites et reconnais l'hôte sur chaque page. Je lis que les parasites – à l'inverse des lions – ne dévorent pas leurs victimes, ils les obligent gentiment à parvenir à un commun accord, à faire de leurs désirs les désirs de celui ou celle qui les accueille, un peu comme dans le mariage. C'est une mort paisible. Peut-être l'hôte a-t-il déteint sur moi, peut-être m'a-t-il fait sienne depuis si longtemps déjà que l'idée de me défendre ne me vient même plus. L'hôte est si profondément niché en moi que, même si je comptais encore lui tenir tête, je ne ferais finalement que m'autodétruire.

Telle est la dernière pensée qui me vient à la lecture de mon livre sur les parasites, et je sombre dans un sommeil qui semble ne pas être le mien.

J'en avais marre que Laurenz m'imite sans cesse. Il copiait tout ce que je dessinais, répétait tout ce que je disais. Je passe ma vie à chercher un adversaire mais ne trouve qu'un plagiat de moi-même.

Laurenz se collait toujours à moi, à croire qu'il ne se sentait bien que dans mon sillage. Sa mère a cru bon d'appeler mes parents pour les informer que Laurenz ne voulait plus être mon ami. Elle leur a dit que Laurenz lui avait clairement fait comprendre que je le forçais à me fréquenter, que je le retenais contre son gré.

J'ai dit à Laurenz : mais vas-y, pars.

Il s'est mis à me suivre après l'école, à rôder dans les buissons, à me talonner sans arrêt. J'ai exigé des explications, mais il me mentait, prétendant n'être au courant de rien, affirmant qu'aucune mère ne m'interdisait d'être son ami, qu'il n'avait jamais dit à personne qu'il ne voulait plus me voir, que sa mère affabulait.

Les appels de la mère de Laurenz se sont multipliés. Lassés, mes parents m'ont suggéré de couper les ponts avec Laurenz. C'est donc ce que j'ai fait. À l'école, j'ai demandé à changer de place, et je n'ai plus répondu à ses lettres d'amour.

Les soleils se lèvent et se couchent mais je n'ai jamais le droit de regarder en leur sein.

Je trouve soudain des pelures de mandarine dans mon lit. Des poils de pinceaux jonchent le sol, les carnets dans lesquels je m'efforce de saisir, de comprendre et d'exorciser l'hôte à l'aide de maints textes et croquis gisent par terre, ouverts et mordillés. Les titres (*Essai sur le départ* ; *Colon 2* ; *La Condition de l'Homme hôte* ; *Tissus mous*) sont illisibles. Des portraits de l'hôte criblés d'empreintes de dents me regardent telles d'étranges mutations, et au milieu s'entassent les lettres du responsable du tourisme de la ville, de Carla, d'anciens amants, de mon frère et ma sœur.

L'hôte s'est manifestement introduit dans ma chambre pendant mon absence. Tout vacille comme dans un monomoteur qui survole les forêts de Sibérie.

Il hurle mon nom à travers la maison. Encore et encore. Mais je fais la morte.

Je ne l'ai pas évoqué jusqu'ici mais de petites silhouettes d'animaux sont représentées sur le tapis persan, peut-être des lamas ou des écureuils. L'un des animaux fait face à une forme humaine qui lui tend le bras. Dans sa main, il y a un objet vert, peut-être une poire, peut-être une bouteille de bière. Les silhouettes sont trop petites pour avoir des visages, elles sont tissées au centre du tapis, encadrées par un losange, et pourtant on les dirait perdues dans la sidération.

Si seulement je pouvais trouver la solution de l'énigme du tapis persan.

Je pense aujourd'hui qu'il faut cesser d'occuper de petits espaces. J'en ai assez de concentrer mes ambitions inquisitoriales sur du menu fretin juste parce qu'on me l'a appris ainsi. Je n'ai plus envie de traînasser dans cette ville aux allures de maison de poupée, de l'illuminer à coups d'éclairs avec de petits interrupteurs quand je pourrais déverser un orage sur de vastes territoires.

Il l'avait bien mérité, Laurenz, que je réalise en son temps un dessin de sa pierre tombale. C'était la manière la plus judicieuse de rendre compte de son hypocrisie, ou plutôt de l'hypocrisie de sa mère, de la chasser et de la faire appartenir au passé.

Empruntant de pernicieux chemins, le dessin était hélas tombé entre les mains des parents d'un autre enfant, lesquels participaient à la campagne de dénigrement de mon éducation et s'étaient empressés de transmettre mon œuvre à la mère de Laurenz. Tous – y compris mes parents – avaient été profondément gênés que je puisse souhaiter la mort de mon ex-amoureux, et à l'époque – je devais alors avoir neuf ans –, on avait abondamment discuté de mon renvoi de l'école.

Exception faite de mes parents, tous avaient été très satisfaits qu'il se trouve enfin un délit dont on ait la preuve et qui scellât à jamais ma séparation d'avec Laurenz, satisfaits aussi que tous les reproches relatifs à ma mauvaise éducation se révèlent parfaitement justifiés. La mère laurenzienne pouvait désormais, en toute bonne conscience, présenter à son fils de meilleures influences, Saskia par exemple, gentille équitante dépourvue de tout humour mais dotée d'une mère au foyer avec diplôme universitaire, tout comme la mère de Laurenz.

Depuis, je n'ai plus jamais repris confiance dans la gent parentale, et cela me désole. Il m'arrive aujourd'hui encore, en présence d'un parent qui n'est pas le mien, de me mettre à bafouiller et de verser dans un excès de politesse qui interdit tout échange normal.

J'ai tenté de me guérir du besoin de faire à Laurenz l'honneur de parler de lui, toutefois je n'ai pas pu m'empêcher de consulter son profil sur Internet. Le fait qu'il appartienne à une secte qui ne m'est pas complètement inconnue et qu'il se soit, semble-t-il, marié au sein de celle-ci ne me fait ni chaud ni froid. Ses photos me captivent bien davantage, elles le montrent heureux, souriant, mais toujours dans une même pose, la tête penchée de vingt degrés sur la gauche, son regard aiguisé traversant ses lunettes dorées pour s'enfoncer en moi. Je passe en revue les bustes laurenziens, jusqu'à ce que je tombe sur l'unique photographie sans personne : elle montre – légèrement floue, la scène surexposée par la lumière du flash – une assiette remplie de pingouins comestibles qui, tels des cadavres exquis, se composent de carottes (les pieds et le nez), de crème fraîche (le ventre) et d'olives (les bras et la tête), le tout tenant à la verticale vraisemblablement grâce à un cure-dent. Personne n'a commenté ni *liké* l'image.

Il n'aurait pas été exclu, je pense, qu'il ait une fin heureuse. Des années se sont écoulées avant que je revoie Laurenz en train de ramasser les ordures dans la rue et que j'en conclue qu'il occupait une place d'apprenti à la voirie ou qu'il y effectuait un job d'été. C'était un prématuré. Cela se voyait à ses membres délicats et à ses yeux gonflés, et quand j'y repense, j'en viens à la conclusion que son allure était celle de quelqu'un qui n'a jamais été absolument convaincu que venir au monde fût une bonne idée. C'est ce doute existentiel qui m'avait toujours attirée chez lui, comme par magie, ainsi que je le pense aujourd'hui, notamment parce que je me voyais en situation de répondre, par ma présence, à ses interrogations.

Quand je vois l'avis de décès de la mère de Laurenz dans le journal, je fais d'abord mine de m'en désintéresser, mais j'éprouve plus tard l'envie morbide d'aller voir sa tombe.

À la télévision, je vois une scène où des gens portent un cercueil en dansant. Cela me rappelle qu'à l'enterrement de ma grand-mère, il y avait au-dessus de la chaire du curé un immense tableau avec un ange. En le regardant, j'ai été prise d'un fou rire que j'ai essayé de contenir en pressant mes paumes sur ma bouche, les larmes jaillissaient, coulaient sur mes lèvres, sur mon menton et gouttaient sur les dalles de l'église. Au moment où le curé a quitté son pupitre après son sermon et que le luthiste s'est remis à jouer, je n'ai pas trouvé mieux que de bondir de ma chaise et, saisie de spasmes, de me précipiter hors de l'église.

J'ai toujours eu une inclination pour le vocabulaire de l'extinction humaine. Je pense *entrailles d'assassin*, et cela sans raison. Je médite deux façons d'assassiner quelqu'un : glisser du verre pilé dans son repas, ou écrire son histoire et figer sa vie à coups d'annotations.

Les tombes des poissons me reviennent maintenant en mémoire, dans le jardin à l'avant, ainsi que les petites croix que je me suis mis en tête d'ériger en dépit de mon irréligiosité. Et les minuscules plaques nominatives fixées aux tombes : Hugo, Hugo deux, Huga, Léonore.

Je repense à une exposition qui invitait à se coucher en chaussettes et en imperméable transparent sur des reconstitutions de tombes de victimes de guerre. Un enregistrement sonore qui racontait la mort du ou des défunts émanait du sol, tandis que le visiteur était allongé sur un sac de terreau vide dans l'espace bien chauffé de la galerie.

Un jour mon père a déclaré qu'à sa mort il ne voulait pas de tombe individuelle. Il envisageait plutôt une fosse commune, anonyme, entre des arbres par exemple. Son nom ne devait figurer nulle part. Peu après, mes parents ont estimé ne plus être en mesure de remplir cette maison qu'ils habitaient et où nous, l'hôte et moi – ou ne formons-nous déjà qu'un seul corps ? –, habitons désormais. Ils ont dit vouloir occuper moins de place qu'ils ne l'avaient fait jusque-là, et ils ont caressé mes magnifiques cheveux. Puis ils ont déménagé dans un appartement plus petit, loin de tout, loin de moi. Mes parents rétrécissent de jour en jour sans rien entreprendre pour y remédier. Je ne saurais le leur pardonner.

À présent, ce n'est pas la soif qui me prend et me pousse à quitter la table, mais le doute quant à l'authenticité de mes paraphrases. C'est comme si des mots venus de nulle part tombaient en moi, des mots que je ressors avec conviction mais sans maîtrise aucune – comme dans un PowerPoint-Karaoké –, et qui parfois ne semblent pas être les miens.

Est-ce le chant des trompes d'aspirateur que j'entends au loin, ou est-ce le vent ?

Le serveur me demande où est passé l'hôte. Je rétorque : quel hôte ?

Le serveur me dit avoir travaillé dans un hôtel par le passé. L'hôtel avait la forme d'une montagne, peinte en jaune pâle, il se demandait qui avait pu imaginer architecture aussi laide. Toujours est-il que dans cet hôtel-montagne, les hôtes se faisaient rares, égarés, esseulés, ils flottaient dans le hall d'entrée. De loin en loin, un bus rempli d'hôtes intercontinentaux débarquait. Alors qu'il travaillait dans l'hôtel-montagne, alternant entre le restaurant et la blanchisserie, il avait eu beaucoup de temps pour réfléchir. Aussi, c'est à cette époque qu'il avait décidé de devenir riche, quel qu'en soit le prix, et qu'il avait compris, poursuit-il, pourquoi il aimait tant son métier. C'est que, bien qu'il lui fallût toujours rester poli et courtois, il était intérieurement libre de se placer au-dessus de ses hôtes. Autrement dit, les hôtes lui permettaient de mieux discerner sa propre forme, sa propre grandeur. Les hôtes jouaient le rôle de glissières de sécurité, seulement elles étaient courbes, et ces courbures faisaient justement de lui un homme droit, et il avait enfin pu s'acheter un coûteux appartement de vacances qu'il avait mis en location. Pour lui, une vie sans hôtes n'était plus envisageable. Et si jamais j'avais des envies de vacances, il ne pouvait que me recommander son bien, pour lequel il était disposé à me faire un prix d'ami.

Le serveur me fixe de ses yeux avides. Il est soudain frappé, dit-il, par l'élégance de ma personne, mon visage n'a rien de spécial, c'est tout juste s'il n'est pas fade, un rien arrogant, mais il faut l'entendre comme le plus beau des compliments. Sur ce un client du bar intervient, disant que je suis mignonne, *un vrai petit cœur, n'est-ce pas ? Non*, réplique le serveur, et il me sert ma septième bière. On appelle ces petites bières des *galopins*, on peut en boire à l'infini.

Regardez-le qui passe la porte sans frapper. Regardez-le qui se dirige vers moi, le parquet craquant sous son pas. Regardez-le qui passe ses doigts en pinceaux sur la fenêtre, comme s'il était prisonnier de cette maison, comme s'il contemplait dehors la liberté qu'il n'a pas. Regardez-le qui se met à gratter la vitre. L'hôte me regarde d'un air interrogateur, si interrogateur que je lui dis : qu'est-ce que j'en sais, moi. Je lui caresse la tête, j'étire ses yeux, son front et sa peau flasque. Sa tête est posée dans ma main, raffermie.

La femme au manteau gris clair, probablement toujours sans domicile fixe, se tient devant ma maison et semble avoir tout le temps de regarder mes vieux murs. Elle promène le regard, examine une à une mes fenêtres, y compris la couleur écaillée sur les cadres. Et elle s'arrête sur la fenêtre depuis laquelle je l'observe.

À la radio, ils parlent d'un attrait renouvelé pour l'antifascisme, d'une autopsie de l'islam, de poètes qui écrivent sur les fleurs, des cravates qui reviennent à la mode. Le sentiment étrange d'être passée à côté de plus de choses que prévu me gagne, comme si toutes les informations étaient contrôlées par un État totalitaire dont je n'avais pas remarqué la prise de pouvoir. Les murs de cette maison se sont tellement épaissis, ses habitants tellement affinés. Je regarde dehors et je ne sais plus si c'est toujours le même hiver ou déjà le suivant. Il m'arrive de ne plus faire la différence entre le jour et la nuit, entre le rêve et le reste dont j'ai oublié le nom. Parfois j'ai l'impression d'être la seule à entendre ce bruit. Un bruit léger qui se pose sur les choses et autour d'elles et me fait pencher la tête, comme un lent et doux travelling. Je décide parfois de mourir, puis je ne sais plus ce que je veux dire par là.

Laurenz m'a toujours dit qu'il fallait que les choses changent, mais peut-être ne l'a-t-il jamais dit, peut-être que je nous rêve vieux, alors que nous nous sommes connus enfants seulement, à l'époque où nous ne comprenions rien mais comprenions tout. Je ne suis pas nostalgique. Je n'aspire pas à ce que le monde dise que je suis trop petite pour comprendre, alors que c'est le monde qui a toujours été trop petit.

Quand un hôte souhaite partir, il faut s'en réjouir. Quand un hôte souhaite – enfin ! – prendre la clé des champs, il faut examiner, signer et timbrer sa requête dans les plus brefs délais. Quand un hôte chargé de sacs plastique, dont dépassent crânement quelques trompes d'aspirateur, se dirige vers la porte, soit là où tout le prédispose à aller, il est contre-indiqué de se mettre en travers de son chemin. Quand un hôte veut me prendre dans ses bras pour me dire adieu, me serre contre son corps duveteux et me souhaite le meilleur pour l'avenir, il n'y a pas matière à fondre en larmes, mais plutôt à les ravaler. Quand un hôte doit retourner là d'où il est venu ou que, mettons, il compte changer de maison et de maîtresse, il faut le lui permettre, laisser les choses se faire, autrement dit : faire un pas de côté.

Mais quand un hôte dont l'absence entraînerait l'effondrement de la maison et de l'harmonie universelle se décide à partir, il vaut mieux songer à le retenir. Et quand, le cas échéant, cet hôte tente d'actionner la poignée de porte, il convient d'arracher ses pinceaux de ladite poignée et de les tirer dans le sens inverse des articulations, de sorte qu'il pousse un cri d'effroi. Et quand un hôte qu'on a décidé d'arrêter de force en raison d'un état d'urgence essaie de se libérer, il est nécessaire de s'agripper à lui. Et quand on s'agrippe à l'hôte et à ses sacs plastique, il ne faut pas se laisser décramponner – ici, l'expérience du rodéo est un plus. Et quand l'hôte auquel on s'agrippe est le plus fou des chevaux, il faut accepter, primo, qu'on n'appartient pas à la fine fleur du rodéo, deuxio, qu'on valdingue au sol et s'y écrase. Et quand les portes se referment avec fracas, il peut arriver que les vitres qui y sont enchâssées volent à leur tour en éclats et que la maison ressemble à du papier découpé.

Les nouveaux poissons nagent dans l'eau dormante de l'aquarium et ne se doutent de rien, leurs minuscules bouches s'ouvrent et se ferment imperceptiblement. Sont-ils encore morts ou déjà vivants ? Impossible de le savoir. Je saupoudre la surface de l'eau de flocons de nourriture qui leur tombent dessus telle une pluie de cendres, mais ils ne bougent pas d'un iota.

J'ai toujours eu un penchant pour la destruction de fenêtres. J'ai démoli ma première vitre à l'âge de huit ans, et ce pour la simple et bonne raison qu'à l'époque je refusais de me soumettre à toute forme d'hygiène corporelle, et rôdais des semaines durant sans prendre de douche. La crasse collait à mes cheveux et sous mes ongles – rien d'étonnant, j'adorais brandir des vers de terre à la face de Laurenz.

Bien sûr, j'étais en conflit avec mes parents qui tentaient de me convaincre de prendre un bain au moins toutes les deux semaines. Un jour, ma mère est sortie de ses gonds – j'en connais un qui dirait qu'elle est montée sur ses grands chevaux – et m'a plongée de force et avec mes leggings dans la baignoire à moitié pleine, tandis que je donnais des coups de pied en hurlant. Elle m'a ensuite traînée toute mouillée dans le corridor, où elle m'a abandonnée pour retourner s'enfermer dans la salle de bain. Alors j'ai donné un coup violent dans la porte, ou plus exactement dans sa vitre. Je me souviens encore du bref moment de surprise quand le verre a cédé sous mes mains. De ma prise de conscience que je surestimais la solidité de la réalité et que j'étais parfaitement capable de la fissurer.

Puis on s'est dépêché de m'envelopper les bras dans des serviettes-éponges, et mon père nous a conduits à l'hôpital. Treize points de suture ont été nécessaires pour recoudre les trois coupures sur mes avant-bras, et mes parents ont dû rester dans le couloir de l'hôpital parce qu'on désirait m'interroger seule sur les circonstances de cet accident.

Pendant ce temps, à la maison, mon frère essayait d'aspirer le sang de la moquette ; ma sœur, prise d'un élan d'activisme, s'était enfermée au grenier pour démolir à coups de marteau le téléviseur dont la mauvaise influence était selon elle responsable de la situation. Si mon souvenir est bon, mon père a eu les larmes aux yeux quand, une fois que j'ai été recousue et bandée, nous sommes rentrés dans la nuit et qu'il a découvert le téléviseur noir et blanc – un héritage familial – en pièces.

L'hôte s'éloigne de la porte à pas comptés. Les sacs plastique pendent mollement à ses bras, ils l'entraînent vers le sol sans que, cette fois, je n'y sois pour rien. L'hôte s'arrête un instant devant la maison pour observer les passants. L'idée me traverse d'appeler quelqu'un à l'aide.

À mon tour je finis par franchir la porte criblée tandis que, d'un pas traînant, l'hôte se dirige vers l'arrêt de bus. Je vois sa silhouette qui rapetisse, et soudain je me mets à courir. J'ai toujours aimé courir – surtout quand rien ne l'exige. Je vois maintenant passer le bus, il s'arrête, les portes s'ouvrent, l'hôte et ses sacs plastique s'y engouffrent. Quand j'arrive enfin, les battants de la porte se referment déjà, et nous nous jetons un bref regard à travers la vitre. L'hôte actionne en vain le bouton d'ouverture des portes, je vois ses lèvres articuler quelque chose, mais les portes restent closes et le bus s'ébranle. Je vois l'hôte qui se précipite vers la conductrice et celle-ci qui secoue la tête. Ils disparaissent de mon champ de vision au coin de la rue.

De retour là où un jour se trouvait notre maison, je m'assieds parmi les décombres, parmi les reliques d'êtres tristes, entre bières entamées et mégots, confettis et tubes néon. J'appelle dans l'escalier mais n'obtiens aucune réponse, je regarde le jardin d'un œil hagard, il n'y a rien sinon un buisson de romarin mort – que l'hôte avait un jour déterré dans un jardin voisin et tenté sans succès de replanter dans le mien – et quelques tuiles cassées tombées du toit.

Je me demande qui a invité à la fête cet artiste qui, sans mon accord, a fait mon portrait à l'aérographe. Le tableau est toujours là, appuyé contre le mur. Les yeux censés ressembler aux miens me font de vagues clins d'œil. La personne sur l'image ne me ressemble nullement, en revanche elle me rappelle quelqu'un qui existe vraiment. Mais j'ai beau me creuser la tête, je ne sais pas qui.

À la radio, on annonce que quelque part sur terre un bus a foncé dans un mur.

La vérité est peut-être pire encore : j'ai personnellement aidé l'hôte à sortir ses sacs plastique, les ai soigneusement rangés dans le coffre du taxi, j'ai refermé le coffre d'un coup sec, fait monter l'hôte dans la voiture et l'ai salué d'un rapide geste de la main quand celle-ci a démarré, puis je m'en suis retournée chez moi d'un pas décidé et me suis couchée sur le canapé avec une généreuse assiette de *spaghetti al limone*, tandis qu'à la télévision une émission montrait un bébé élan à la patte fracturée.

Le jour viendra où mon frère et ma sœur franchiront la porte et me chasseront du canapé. Je roulerai en bas du petit perron jusqu'à la sirène anti-chats qui, bien qu'elle ne soit plus toute jeune, sifflera à mon oreille tant et si bien que je l'accompagnerai d'un gémissement quelques octaves en dessous. Je finirai couchée sur les tombes des poissons, avec moi-même l'allure d'un poisson parce que la neige aura fondu et qu'une mare se sera formée autour de moi. Je nagerai dans cette mare et j'aurai peur des chats fantômes qui, la nuit venue et bien que morts, chercheront avec leurs pattes blanches à me pêcher dans la mare. Les poissons d'aquarium resurgiront de leurs tombes pour que nous fassions la course. Le plus noir des poissons gagnera toujours parce qu'il était mon préféré. Mes neveux et nièces feront de la gymnastique dans le jardin, ils enchaîneront les roues. Et la pointe de la montagne tombera enfin, elle atterrira au milieu du bar La Tourelle, en plein sur le serveur resté bouche bée qui, con comme la lune, essaiera d'attraper son maigre pourboire mais n'y arrivera plus. Les clients restants, sains et saufs, seront assis autour du serveur écrasé. Une femme glissera de son tabouret et se dirigera lentement vers la caisse, pour l'ouvrir et en sortir l'argent. On se répartira le butin équitablement, une poignée de pièces et de billets pour chacun et chacune. Quelqu'un essaiera de tirer une dernière bière mais la colonne de bière aura été rompue par l'éboulement.

Billets en poche, les clients quittent maintenant le bar. Certains retournent se coucher sous les porches, d'autres marchent vers une auberge à l'autre bout de la ville et l'assiègent. Ils s'installent à la table de l'ennemi jusqu'à ce que celui-ci fiche le camp ou renonce aux hostilités. Certains en sont déjà à trinquer. Le printemps est là. Hélas le magasin de meubles a fait faillite parce que tous les canapés sont redevenus des humains, mais le responsable du tourisme de la petite ville est promu maire grâce aux touristes qui déferlent de toute part pour admirer la montagne brisée.

Ce matin, j'ouvre grand la porte mais ne trouve personne derrière. Je ne vois que les tombes des poissons chambardées, comme si un profanateur s'était jeté sur elles : les allumettes en croix gisent sur le sol et le muguet, qui est sorti de terre sans en demander la permission, a la tête pendante. Du temps doit s'être écoulé. Le soleil brille avec une remarquable assurance si l'on songe qu'il se montre pour la première fois depuis des semaines.

Les avis de recherche que j'ai collés aux lampadaires restent lettre morte, parfois l'un ou l'autre voisin me téléphone pour m'annoncer l'avoir aperçu, au magasin par exemple, non, au dancing, c'est-à-dire à La Tourelle, mais je pense ensuite qu'il ne saurait avoir été à La Tourelle puisque j'y passe mes journées à l'imaginer franchir le seuil et secouer ses beaux cheveux longs qui, avec le temps, doivent avoir atteint le sol et traîner par terre.

J'enjambe les flaques à grands pas. Un chat noir veut traverser la route lui aussi, mais il se ravise à l'approche des voitures. Sur le trottoir se trouve un canapé en cuir beige à donner, ce que souligne une pancarte. Pourtant personne n'en veut. J'ai rangé les autres meubles à la cave, enveloppé les commodes dans du plastique, mis les ustensiles de cuisine et les habits dans des sacs, les livres dans des cartons. Je me dis que mes affaires vont s'ennuyer dans la cave, avant de me rappeler que cela leur est égal si je m'en sers ou non. Elles n'ont pas besoin de moi, elles n'ont jamais eu besoin de moi.

J'enfourche un scooter électrique en libre-service et quitte la petite ville que je prise et méprise à la fois, parce que cela fait trop longtemps que j'y habite, que j'y vis, que j'y grandis, oui, j'y suis trop attachée pour la respecter encore. Le soleil veut percer les nuages mais n'y parvient pas. Dans la station-service se dresse une statue de chimpanzé.

Une femme qui lui ressemble étrangement est assise à ses pieds. Au bar, les habitués sont accoudés au comptoir, buvant comme à leur habitude.

Arrivée à la gare, je longe le train et scrute les visages des passagers derrière les fenêtres. L'un d'eux accroche mon regard. Les globes oculaires de l'homme suivent lentement mon mouvement. Et alors qu'il s'apprête à sortir de mon champ de vision, il esquisse un sourire, plus pour lui que pour moi.

Le train roule à travers un écran de brouillard. Je m'imagine que le monde hors de ma vue a disparu, que dorénavant le monde est limité. Et alors je me rappelle que le monde est de toute manière limité.

L'homme en face de moi n'arrête pas de manger. Toutes les cinq minutes, il sort un nouveau récipient de sa valise. Dans chacun d'eux se trouve un autre mets, club-sandwich au pain complet et à la garniture inconnue, ou quartiers de pamplemousse. Les autres voyageurs dorment. Alors qu'à force de manger, soupirer, tousser, inhaler son aérosol anti-asthme, froisser des sachets et laisser interminablement sonner son téléphone, l'homme m'a contrariée sept heures durant, je me mets soudain à l'apprécier, à l'assimiler à mon environnement. Et je ne peux plus m'imaginer la suite du voyage sans lui.

La file d'attente forme plusieurs boucles, si bien qu'en faisant la queue je croise plusieurs fois les mêmes gens, mon regard s'enfonce dans le leur. Le vol a du retard. Les portes d'embarquement pour Pristina et Istanbul viennent seulement d'ouvrir, les troupeaux humains se mettent lentement en mouvement. Il n'y a plus que mon troupeau qui gratte des pieds derrière les barrières. Dehors le temps est radieux. Les avions étirent au soleil leur queue en forme de nageoire de requin.

Puis la petite ville est quelque part sous moi, mi-maison, mi-malédiction, elle n'est plus qu'un champ de ruines. Les terrains de football s'illuminent de vert. À côté de moi, deux personnes que j'avais prises pour une mère et son fils s'embrassent. Avec mes cheveux qui tombent en crinière filasse sur mon coupe-vent, j'ai des allures de rockstar.

De ma vie, je ne me suis jamais demandé ce que j'aimerais voir du monde. On a toujours voulu me faire comprendre que l'humain est nomade, et si j'aurais certes aimé aller d'un endroit à l'autre, je n'ai jamais supporté le fait que tout se réduise alors à se préparer psychologiquement à des adieux, puis à s'en remettre. À peine se trouve-t-on enfin ensemble qu'on sait déjà que le temps est limité, de même que tout est limité, que la musique bientôt s'arrêtera, que le son bientôt s'évanouira, que le soir, minuit et la fin du mois seront bientôt là, qu'on sera bientôt de retour à l'aéroport ou qu'on refermera quelque part la porte derrière soi en adressant un dernier signe de main, avant de s'en retourner battre le pavé et traverser d'autres lieux.

En fait, me dis-je à présent, j'aimerais pouvoir répartir ma personne et mes affaires sur le plus de lieux possibles.

Le sable est grossier. Deux types sur des planches minuscules essaient de surfer sur des vagues minuscules, et ils sifflent dans ma direction, comme des enfants qui n'arrivent à rien sans le regard de leurs parents. Je lève parfois brièvement le nez de mon livre et je les vois manquer les minuscules vagues parce qu'ils me font un signe de la main. Un papillon d'un vert criard atterrit sur ma serviette. Cela ne saurait être un hasard. Les minuscules vagues se transforment en petites vagues, lesquelles n'arrivent toujours pas à avaler les types ni même à les emporter. Elles n'emportent qu'un ballon de plage, et sur quelques mètres seulement. Celui-ci finit par s'immobiliser dans un creux. Parfois une fente s'ouvre dans les nuages. Je ne bouge plus pendant un instant. Les canetons piaillent à la surface de l'eau, leurs pattes sont ridiculement grandes en comparaison de leurs corps duveteux. Et maintenant les hirondelles : c'est un miracle si elles ne se télescopent pas quand elles s'abattent, venues de toutes les directions, sur un même essaim de moustiques.

Un goéland sonde le sable avec son bec à la recherche de coquillages rejetés par les flots. L'autoroute passe plus haut, les véhicules grondent, tous plus gros les uns que les autres. Je me demande si le surfeur est descendu avec ou sans élégance de sa planche turquoise. J'essaie de prendre les vagues comme elles viennent, mais elles sont impitoyables et froides, ce sont mes contemporaines désagréables que je ne parviens pas à enjamber correctement. Je plonge la tête la première à travers le mur de vagues, je suis prise de vertige et titube sur le sable. Les élèves de l'école de surf, vêtus de combinaisons Néoprène, sont assis sur leur planche. De temps à autre ils veulent se crier quelque chose, mais le vent emporte leurs mots et les fracasse sur la surface de l'eau. Des enfants passent d'un pas raide, ils collectionnent galets et écorchures.

Les poils sur mes jambes brillent du sel qui y est incrusté, mes ongles de pied bleuissent et le goéland continue de sonder la plage, comme s'il ne remarquait pas que les vagues qui refluent vers l'océan tirent le sable sous ses pieds. J'ai beau me rapprocher du désert, je ne pardonne rien. Un autre oiseau niche dans les buissons, ses bruits évoquent les pleurs d'un bébé.

Le lendemain, je suis couchée dans le lit et me rappelle que l'hôte, mon hôte, m'avait dit un jour avoir rêvé que je m'écroulais au pied d'un escalator dans une gare. Les secours avaient été appelés sans délai et m'avaient emmenée dans un café. On m'avait interrogée. On ne savait pas d'où j'arrivais, mais je transportais une grande valise. J'étais exténuée, la valise contenait sans doute du travail en suspens. Nous étions donc assis avec les urgentistes au café, quand un client à la table voisine avait fait un tel raffut qu'il avait fallu le prier de quitter les lieux.

Sur le sol de la chambre gît quelque chose qui ressemble à un cafard écrasé mais je préfère ne pas vérifier. Je reste couchée et ressens une brûlure à l'intérieur de moi. L'espace d'un instant, j'ai l'impression qu'un hélicoptère qui tournoie est coincé dans la ventilation de la salle de bain.

Plus tard, lors du repas chez le consul, une femme que je connais à peine affirme que ce pays s'effrite de toutes parts. Que les promesses d'hier semblent être les mêmes qu'aujourd'hui. Et que ce n'est qu'une question de temps avant que tout se délite. Je tripote mon badge à mon nom.

Puis le consul se lève pour présenter en quelques mots et d'un mouvement de bras inquisiteur le vin de pays servi. Il s'est toujours senti à l'aise ici, dit-il, quand bien même les gens sont renfermés. Il ne savait jamais s'ils voulaient dire oui ou non. Il ne savait jamais non plus s'il devait partir ou s'il avait le droit, ou l'obligation, de rester. Et les gens ici n'aimaient pas qu'on soit trop sérieux, ils préféraient de loin qu'on sourie sans arrêt. Néanmoins le consul se sentait ici chez lui, d'où, aujourd'hui, sa nostalgie alors qu'il s'apprêtait à prendre un nouveau poste dans une plus grande ville. Certes la vie là-bas serait belle, cela ne faisait aucun doute, même bien plus belle – et le consul s'interrompt.

Tous trinquent à sa santé. Et je me dis que j'ai beau voyager, je n'avance pas.

Quand il se laisse tomber sur la chaise à côté de moi, le consul ne sourit pas et je rajuste mon chemisier noir sur mes épaules. Je crains qu'il fasse une remarque sur mon physique, mais au lieu de cela, il me toise en silence. Il a dernièrement remarqué, dit-il ensuite d'une voix que je suis la seule à entendre, que notre dialecte national est étrange en ce qu'il ne nous fait nous sentir nulle part chez nous. Bien sûr, on apprend la langue dite standard, mais celle-ci n'est jamais complètement la nôtre. Si bien qu'on pourrait affirmer, dit-il, que nous sommes un peuple – et là ses doigts mettent le mot peuple entre guillemets – qui n'a qu'une langue orale et difficile à transcrire et qu'il nous manque donc un morceau d'histoire. Il lui arrive de penser, poursuit-il, qu'il ne maîtrise aucune langue. Cela lui était apparu quand il avait voulu dire des mots doux à la femme, originaire d'Europe de l'Est, qui depuis était devenue son épouse. Il ne disposait d'aucune langue pour l'intimité, à moins de recourir au dialecte que sa femme et bien d'autres, y compris parmi ses propres concitoyens et concitoyennes, n'étaient pas en mesure de comprendre, à l'inverse de la poignée de gens venant du petit coin où il était né et avait grandi.

Le consul pose les yeux sur moi, son regard appuyé se prolonge, si bien que je me vois contrainte de répondre.

Je dis que *petit* est le mot juste, ce sur quoi le consul sourit poliment et je poursuis. Je lui explique qu'autrefois je vouais une passion pour la miniature, mais qu'entre-temps il m'était apparu que quelque chose clochait. Dans notre pays, prendre peu de place était monnaie courante, non pas tant du point de vue de la surface habitable – sur ce point c'était plutôt le contraire – que de la personnalité. Parfois j'en aurais oublié que j'étais une femme si on ne me le rappelait pas de la plus brutale des façons, en réduisant de moitié l'espace déjà réduit dont je disposais. Mais là n'était peut-être pas le sujet. Peut-être le sujet était-il plutôt que cette miniature était mensongère, à l'instar de ces serviettes-éponges, petits cubes compacts qui gonflent massivement au contact de l'eau – s'il voyait ce que je voulais dire. Le consul me regarde aimablement.

On me ressert discrètement mais sans interruption de ce vin du pays que je vide sans plaisir dans mon gosier. Et je conclus mon discours en expliquant que je suis en route vers chez mes parents, lesquels m'ont enseigné la miniature avant de prendre le large.

Les autres femmes touchent la nourriture de leur fourchette sans la porter à leur bouche, si bien qu'une armée de saumons rôtis retourne en cuisine. Ils gisent tristement sur leur lit d'épinards sans n'avoir servi à rien. Je dis *fork* au lieu de *knife*. Un couple d'artistes me sourit avec douceur et sirote des verres presque vides. La femme regarde son enfant comme s'il s'agissait de la créature la plus singulière qui soit, elle cherche à lui faire entendre raison d'une voix basse mais suppliante, avant de le déposer dans les bras de quelqu'un d'autre.

Dans le jardin bien entretenu de l'ambassade, une serveuse me signale : *Smoking is not allowed. Please go away as far as you can.* Je m'éloigne, descends les escaliers et me dirige vers l'autre bout de la cour, aussi loin qu'il m'est possible. Le visage tourné vers le mur, je m'allume une cigarette et me fais la réflexion que le consul a toujours papillonné entre les langues, appuyé sur elles comme sur les touches d'un clavier qu'on enfoncerait à peine et qui produiraient une musique insipide, quand ma propre langue est attachée tel un boulet à mes pieds et fait de moi une personne pataude. Je me promets d'apprendre sa langue. Je marcherais dans les rues sur des kilomètres, conjuguerais les verbes au rythme de mon pas et nommerais les choses qui se présentent à moi.

On apporte des gâteaux qui ont l'air d'être en plastique. On sert des *shots*, sans doute de la tequila, que nous vidons tandis qu'à l'autre bout du jardin, plantés dans la lumière de la lune, les hauts immeubles sont étrangement muets. Il y a un glaçon en forme de main dans l'évier. Le consul pose sa main sur mon épaule et me demande pourquoi je me suis déguisée en détective, nous rions et regardons mon trench de lin beige dont j'ai relevé le col. Puis il dit que son petit pays lui manque et je dis que mes parents me manquent. Et nous restons plantés là.

Au moment où je veux filer en douce, le gardien de l'ambassade me retient et me parle pendant une heure. Ivre, je reste assise dans une petite pièce pendant qu'il feuillette mon passeport avec affectation.

La ville n'est qu'un seul bruit de klaxon, la ville est couverte d'une couche de poussière qui se dépose aussi sur moi. L'eau qui s'écoule des douches est soit glacée soit brûlante. Et quand plus tard je suis couchée dans le lit, je continue à voir devant moi des pieds de chameau dont les coussinets délicats se posent sur le sable. C'est comme si je zappais devant la télévision : parfois banales, parfois étonnantes, des images dont je ne perçois pas tout de suite le sens surgissent. Elles me traversent.

Le réveil n'est pas une partie de plaisir. La baie s'enroule comme un serpent dans le paysage. La météo est implacable, sur mon crâne tape le soleil ou crépite la pluie. Le serpent de mer reste là et attend des jours meilleurs. La piscine ressemble à une prison, elle est entourée de barres de fer. À côté du bassin, il y a une mare d'eau chaude où des gens sont couchés comme des tritons. Leurs yeux globuleux sont posés sur moi et les nuages dessinent des ombres sur le paysage désertique. Il y a beaucoup de choses que je ne comprends pas, au premier rang desquelles les bikinis tanga.

Dans l'ascenseur, une fille porte un T-shirt sur lequel figure une glace esquimau entamée, la fille tient dans sa main une baguette au bout de laquelle se balance un ballon blanc. L'ascenseur descend verticalement, dans le même sens que la tristesse me traverse. Se perdre dans la salle du petit déjeuner, errer autour de la machine à café, et ces serveurs, toujours ces maudits serveurs.

Les homards gisent dans leur bac, pinces ficelées, ils attendent la mort sans savoir qu'ils attendent la mort. Je passe devant eux et leur vue me plonge dans une étrange prostration. Je sais que le soir les homards peuvent être commandés via le menu. Un jour j'en libérerai un par ce biais.

Je me souviens d'un hôtel dont les sièges, quand on s'asseyait dessus, cassaient, se repliaient, s'effondraient ou simplement se renversaient, à la manière d'un décor de théâtre mal construit. J'éprouvais à l'époque et aujourd'hui encore de la sympathie pour ces chaises parce qu'elles refusaient de soutenir les gens, oui, refusaient de s'acquitter de leur devoir.

Je mange un *tartufo stracciatella*. Je suis la dernière touriste. Peu m'importe où je vais. Mes ongles sont toujours plus longs. Je pourrais voyager ainsi jusqu'à ce que les hébergements temporaires se fondent en un seul, et qu'ils se fassent emporter.

Sur l'autoroute du désert, les camions font piteuse impression. Certains se sont échoués comme des baleines sur le bas-côté, et pour la première fois depuis longtemps, je me trouve dans un lieu que je n'ai pas l'impression de connaître. Des cactus à l'allure de poulpes, des fringants lièvres du désert, une caille à la coiffure élégante. Des pick-up noirs et blancs nous dépassent. Je doute que l'œil humain soit fait pour appréhender le paysage qui défile derrière la vitre.

Ils nous dépassent tous et l'instant d'après, ils ne sont plus qu'un petit point sur la route qui trace tout droit sur quarante miles. Une montagne vert-noir se dresse à l'horizon, elle ressemble à une animation 3D. La terre ressemble à un patchwork. Des rangées d'arbres bordent les morceaux cousus. À la pensée de la masse de gens qui existent, je m'enfonce plus profondément dans mon siège. J'ai lu quelque part que c'est une terre des extrêmes, et je me demande si je suis une personne des extrêmes, ou s'il serait souhaitable de devenir une personne des extrêmes.

Une joie insoupçonnée s'empare de moi lorsqu'un garçon vomit dans le bus. Il se propage une puanteur suave qui adoucit tous les passagers. C'est comme si l'odeur mettait notre communauté de destin sous cloche. Le garçon chancelle entre les sièges, il a les yeux révulsés. Le conducteur ne cesse de nous réprimander dans une langue que je ne comprends pas, il donne des coups de volant tantôt à droite, tantôt à gauche. Plusieurs passagers se sont endormis, ils ferment les yeux parce qu'ils ne veulent pas voir ce qu'il y a à voir.

Nous finissons par arriver dans une ville où des plaques industrielles s'entassent des deux côtés de la route. Le bus crache un à un les passagers, ils traînent leur bagage et ploient vers le sol. À part eux, je ne vois personne, à croire que cette ville n'est pas faite pour être habitée. Nous continuons à rouler, le soleil se couche, les rues s'assombrissent, je suis la dernière à sortir mon bagage de la soute.

Remerciements

Je remercie de tout cœur pour leur soutien : Philippe Karrer, Jacob Teich, Venus Ryter, Moïra Gilliéron, Zino Wey, Sarina Scheidegger, Esther Ludwig-Koch, René Koch, Philipp Koch, Anna Bertrand, Aeneas Koch, Martina Koch, Fabian Grossenbacher, Johanna Koch, Julian Koch, Nora Zumbühl, Mireille Neuhaus, Francisco Sierra, de même que Heinz Helle, Stefan Humbel, Arno Renken, Thomas Strässle, Ingo Niermann et Lukas Bärfuss, et enfin mes partenaires de discussion Ariane Tinner, David Kunz et Reingard Dirscherl. Merci aussi au Sunshine Ranch et à ses habitant·e·s d'alors.

L'écriture de ce texte a été soutenue par la Fachausschuss Literatur Basel, la Fondation suisse pour la culture Pro Helvetia, le Fonds culturel de l'Office fédéral de la culture, Atelier Mondial, la Sasso Residency et le Master in Contemporary Arts Practice de la Haute École des arts de Berne.

Ce livre existe grâce au travail de toute une équipe.

Communication : Caroline Babulle, Solveig de Plunkett, Sabrina Bendali, Inès Paulin, Adélaïde Yvert.

Coordination administrative : Martine Rivierre.

Studio : Pascaline Bressan, Barbara Cassouto-Lhenry, Joël Renaudat.

Fabrication : Muriel Le Ménez, Céline Ducournau, Bernadette Cristini, Sophia Paroussoglou, Isabelle Goulhot.

Commercial, relation libraires et marketing : Catherine Lauprêtre, Ombeline Ermeneux, Élise Iwasinta, Arthur Rossi, Joséphine Saint-Paul, Aurélie Scart.

Cessions de droits : Elisabeth Stempak, Benita Edzard, Lucile Besse, Sonia Guerreiro, Costanza Corri.

Gestion : Sophie Veisseyre, Chloé Hocquet, Isabelle Déxès, Pierre Ekel.

Services auteurs : Viviane Ouadenni, Jean-François Rechtman, Catherine Reimbold, Anita Sevenant.

Ressources humaines : Mylène Bourreau, Carine Duchampt.

Juridique : Laëtitia Doré, Anaïs Rebouh, Valérie Robe, Lucie Bergeras, Julia Crosnier.

Avec le soutien des équipes d'Interforum et d'Editis qui participent à la création, la diffusion et la distribution de ce livre.

Canoros Vehit Canentes

Imprimé en France par
CPI Bussière
en février 2024

Composition réalisée par Rosa Beaumont

#lisez! engagé
www.lisez.com
Pour plus d'information :
Imprimé sur du papier issu de forêts gérées durablement.

N° d'édition : 66553/01 – N° d'impression : 2076046